Leila. Hoe tover ik mijn vriendje terug?

Leila. Hoe tover ik mijn vriendje terug?

Elisabeth Mollema

NEDERLANDSE
KINDERJURY
2006

www.lannoo.com/kindenjeugd

Omslagontwerp Studio Jan de Boer
Illustraties Stefanie Kampman
Zetwerk Scriptura

ISBN 90 8568 261 4
NUR 283

10 april

Het is uit met Honingbeer! Mijn hart voelt zo zwaar als
een zak met 100 kilo stenen. En ik kan ook niet meer goed
denken. Ik wou dat ik dood was!
'Je moet de fijne dingen onthouden en de rest vergeten,
Leila,' zei mijn moeder. 'Je vindt vast gauw een ander
vriendje.'
Mijn maag trok samen en mijn hart voelde nog eens 10
kilo zwaarder. 'Ik wil geen ander!' brulde ik. 'Ik wil Honingbeer! Of helemaal niemand! Ik kan ook nooit eens
iets tegen jullie zeggen! Ik heb helemaal niks aan jullie!' Ik
rende de kamer uit. Mijn moeder riep me nog na dat ik
wel moest eten, omdat ik anders doodging. Van dat ge-
zeur word ik ook crazy. Ik ben veel te zenuwachtig om te
eten. Bovendien wil ik dun zijn, want dan wil Honingbeer mij vast terug. Hij houdt van dun, heeft hij eens gezegd. Tenminste: ik denk dat hij dat bedoelde toen hij
vertelde dat hij op de basisschool heel erg verliefd was op
Sjanna, en die is zo dun als een grassprietje. (Ze heeft wel
platvoeten, daarop loopt ze als een pinguïn. Misschien
niet aardig van mij om te zeggen. Sorry, ik kan het niet

helpen. Trouwens: Sjanna was ook niet aardig tegen mij, toen Honingbeer en ik haar een keertje tegenkwamen. Ze deed net of ik niet bestond. Dus: geen sorry. Eigen schuld!)

'Je moet dingen over vriendjes ook niet tegen papa en mama zeggen,' zei Sharon toen ik even later snikkend op mijn bed lag. Ze begon haar nagels te vijlen. 'Die mensen begrijpen er toch niks van. Ze weten nog geen 10 procent van wat we doen. Ze denken dat wij niet meer doen dan handje vasthouden en hooguit een beetje zoenen.' Ze bekeek haar nagels. 'Dat het allemaal niets méér voorstelt dan toen we op de kleuterschool zaten. Ze moesten eens weten!' Ze hinnikte als een veulen dat voor het eerst in een wei wordt losgelaten.

Zij heeft makkelijk praten. Zij heeft op het moment twee vriendjes: haar vorige week nog ex-vriendje Berend (die ik overigens een nerd vind en die ik Berend Botje noem) en Tommy, die ze kent van de soap waarin ze speelt. Tommy ziet er altijd een beetje slonzig uit, of nee: eerder verwilderd. Hij lijkt op Honingbeer. Ik brulde het weer uit.

'Moet ik je troosten?' vroeg Sharon.

Ik keek haar verbaasd aan, want meestal moet ik háár troosten of oppeppen. Zo is het altijd geweest, zolang ik me kan herinneren. En dat terwijl Sharon anderhalf jaar ouder is dan ik. Ik word daar eigenlijk zo moe van. Ik kan het echt niet meer opbrengen.

Sharons telefoon ging. Waarschijnlijk was het een van haar vriendjes. Of een derde, want Sharon houdt graag wat in reserve. Ze vindt het namelijk vreselijk om zonder te zitten. Voornamelijk omdat ze dan niemand heeft om allerlei klusjes voor haar op te knappen: haar helpen met wiskunde waar ze geen bal van snapt, of haar naar de trein te brengen als ze weer eens heel vroeg in de studio in Aalsmeer moet zijn. (Ze is namelijk een beroemde soapster/ zangeres in wording, voor het geval je het nog niet wist.) 'Hi, Berend!' riep ze.

Ik drukte mijn gezicht in mijn kussen en deed mijn handen op mijn oren, want ik kon het gekweel van Sharon niet aanhoren.

We zitten in onze schuur, waar we tijdelijk naartoe waren verbannen omdat ons huis grondig werd verbouwd. Het was begonnen met een nieuwe wc, omdat Sharon – die nogal onhandig kan zijn – de pot had gebroken door er een zware hamer op te laten vallen. Toen besloten mijn ouders maar de hele badkamer te verbouwen. Daarna wilden ze opeens nieuwe vloerbedekking. 'Maar dan wil ik ook een andere kast in de slaapkamer,' zei mijn moeder tegen mijn vader. 'En zullen we dan maar meteen de meisjeskamers opnieuw laten doen, Sjaak?'

Zo ging het maar door. Er is geen plekje in huis waar niet verbouwd wordt. Overal ligt stof en overal lopen mannen te hakken en te timmeren. Blij toe dat wij in de schuur zitten!

Het is niet zo erg als het klinkt, want de vorige bewoonster gebruikte de schuur als huisje om in te werken en had er een douche en zelfs een keukentje in laten maken. Sharon en ik zitten daar best fijn, vooral omdat we niet hoeven vragen of we 's nachts even weg mogen. We lopen zo het achterpaadje op en hoeven niet eens echt stil te doen. Honingbeer is ook een paar keer blijven slapen. Over dingen gesproken waar je ouders niets van weten! Het was gezellig zo met z'n drietjes en ook spannend, want je wist maar nooit of mijn vader of moeder het onzalige idee kreeg om bij ons te komen kijken. O, wat mis ik mijn Honingbeer! Ik wil nooit meer een ander. Ik moet er niet aan dénken. Ik wil hem en niemand anders.

'Kon je maar toveren,' zei Sharon toen ze na een halfuur klaar was met bellen. 'Dan kon je ervoor zorgen dat hij weer terugkwam. Het zou sowieso handig zijn als je dat kon, want ik heb ook een hele lijst met wensen. Eh... Ik wil die dure laarzen zo graag hebben die ik bij Brinkman heb gezien en eh...'
'O, nee!' brulde ik. 'Kun je nou eens één keertje niet aan jezelf denken?'
'Het is mijn idee, hoor! En als je leert toveren, is het volgens mij geen enkel probleem om meteen een paar dingetjes voor mij te doen.' Ze ging rechtop zitten. 'Ik bedoel: als je het toch onder de knie hebt.'
Ik duwde mijn gezicht in mijn kussen en snikte zo hard dat ik dacht dat ik ging stikken. Het kon me niks schelen. Misschien kreeg Honingbeer spijt als hij hoorde dat ik was gestorven. In gedachten zag ik al hoe hij zich wild van verdriet op mijn kist stortte.
Sharon praatte gewoon verder: 'Je kent toch wel Constanza, die bij mij in de klas zit? Die doet aan hekserij. Ze zegt dat het niet zo is als vroeger, toen heksen eng waren. Nu doen ze iets met de natuur en met kruiden, geloof ik. Ze zei laatst iets over een liefdesdrank of zo. Dat ze die

kon maken en dat je daarmee iemand verliefd op je kan laten worden. Je kunt haar toch vragen of je een kopje van haar kunt krijgen? Ik bedoel: baat het niet dan schaadt het niet.'

Ik had inmiddels zo veel gehuild dat ik er doodmoe van was geworden. Bovendien kon ik moeilijk ademhalen, zo met mijn gezicht in het kussen. En ik had intussen ook bedacht dat ik dood niks meer aan Honingbeer had, dus ik besloot om maar te blijven leven. Ik draaide me om en ging op mijn rug liggen.

'Heb je gehoord wat ik zei?' vroeg Sharon.

'Ja, je zei iets over liefdesdrank. Wat is dat voor spul?'

'Dat weet ik niet. Constanza doet er nogal geheimzinnig over. Zal ik het haar vragen?'

'Mij best,' antwoordde ik om ervanaf te zijn. Ik geloof niet in die onzin, maar Sharon heeft gelijk: baat het niet dan schaadt het niet. Ik wil alles proberen om de liefde van mijn leven terug te krijgen. Dus waarom dan niet met Constanza's liefdesdrank?

Ik droomde vannacht dat ik een fee was in een roze jurk en dat ik echt kon toveren. Ik kon alles maken zoals ik het zelf wilde. Als iemand begon te zeuren, zei ik: 'Wil je dat ik je in een schilpad omtover? Nee? Hou dan je mond.' Het hielp echt.

Verder heb ik niet zoveel te vertellen. Ik heb eigenlijk alleen maar een hoop vragen. Waarom kan niemand mij eens een keertje helpen? Ik moet altijd maar voor iedereen klaarstaan, maar als ik eens iets heb, heeft niemand tijd voor me. Ik ben een beetje in de war. En ik heb geen honger. Maar ik moet wel steeds aan eten denken. Dat is wel gek. Als ik alles ga eten waar ik aan denk, word ik zo dik als een olifant. Stel je voor! Dat moet niet gebeuren, want dan vindt Honingbeer mij helemaal niet leuk meer. Nee, dat moet niet gebeuren.

Mijn vader en moeder snappen er geen bal van. Ze zeggen steeds stomme dingen waar je je alleen nog beroerder door voelt. Sharon denkt alleen maar aan zichzelf, maar daar kan ze niks aan doen. Dat komt omdat ze heel ziek is geweest toen ze klein was en sindsdien is ze stikverwend. Om een of andere reden blijft iedereen achter haar aan rennen. Ik ook. Als ze iets heeft, probeer ik het altijd voor haar op te lossen. Gek, maar dat ben ik zo gewend. Daardoor lijkt het wel of ik ook voor anderen moet zorgen. Zoals voor Maaike, mijn beste vriendin, die een beetje de weg kwijt is sinds haar ouders zijn gescheiden. Ze doet soms dingen waar ik geen bal van snap, zoals opeens heel dik zijn met een stelletje Marokkanen. Niet dat dát erg is, maar wel dat ze met hetzelfde accent ging spreken en dingen zei als: 'Hé, dat vind ik écht niet leuk, weetsju.' Of: 'Kijk eens naar die meisje bij die hek!' En ze gebruikte ook van die rare woorden zoals 'tezz' in plaats van 'shit'.

'Nog even en je gaat een hoofddoek dragen,' zei ik een keer. Het leek wel of ze toen opeens besefte hoe stom ze deed, want ze riep: 'Nee, zeg! Dát ga ik echt niet doen.'

Gelukkig is het nu uit met Erik van der Meulen, haar *wannabe*-Marokkaan die, geloof ik, liever in het Atlasgebergte was geboren in plaats van in Rotterdam. Niet dat Maaike nu normaal doet, want daarna werd ze *gothic*

of zo en nu komt ze naar school met zwartgeverfd haar en in een lange, zwarte jurk met zwartgeverfde legerlaarzen eronder. Geen gezicht! Toen ik er iets van zei, werd ze boos en zei: 'Je moet je niet altijd zo met me bemoeien! Ik kan echt wel voor mezelf zorgen!' Later zei ze gelukkig wel: 'Sorry!'
Maar aan haar heb ik op het moment ook niet veel. Ik voel me best alleen.

Dit zijn mijn vragen:
– Waarom heeft Sharon twee vriendjes en ik nul?
– Waarom gaat alles bij haar makkelijk en bij mij niet?
– Waarom zorgt niemand voor mij en moet ik wel altijd alles regelen voor anderen?
– Waarom wil Honingbeer geen verkering meer met mij?
– Waarom zegt hij dat ik me te veel met hem bemoei? (Hij lijkt Maaike wel)
– Waarom zeggen ze dat allebei?
– Waarom begrijp ik dat niet?
– Waarom zegt hij niet gewoon dat hij liever wil dj'en op zijn vrije avond?
– Waarom antwoordt hij niet op mijn sms'jes. Ik wil toch alleen maar mijn rode muts terug?
– Waarom moet ik de hele dag aan hem denken?
– Waarom zeurt iedereen dat ik meer moet eten? (Ik heb namelijk geen honger! Snappen ze dat dan niet? En als ik wel honger had en at, kreeg ik meteen ergens een gigantische vetbult. Ja, dank je lekker!)

– Waarom voelen mijn hersenen als erwtensoep?
– Waarom voel ik me zo fladderig?

Weet iemand een antwoord!?

12 april

Help! Sharon denkt dat ze heks gaat worden. Was ik maar niet op haar voorstel ingegaan om gebruik te maken van Constanza's liefdesdrank. Heb ik er wéér een probleem bij: waarom wordt mijn zus heks?

Gisteren liep Sharon in de pauze naar Constanza toe om te vragen of we wat van die zogenaamde toverdrank mochten hebben. Ik zat een eindje verder op het muurtje te balen, want ik vind het leven nog steeds nutteloos zonder Honingbeer. Ik zag dat ze het over mij hadden, want Sharon wees naar me. Constanza, die tegenwoordig ook helemaal in het zwart gekleed is, knikte minzaam. Na een halfuurtje kwam Sharon terug rennen en begon opgewonden te praten. 'Constanza zegt dat het alleen werkt als je een of ander ritueel doet.'

'Ritueel?'

'Ja, weet ik veel wat dat is. Je moet, geloof ik, iets geheimzinnigs doen. Het zal wel zoiets zijn als: hokus-pokus, pilatus, pas! Ze zegt dat ze ons dat wil leren, maar we moeten er wel in geloven. Dat is toch hartstikke spannend, joh! Weet je dat je voor alles wat je maar wenst, een toverspreuk kunt doen. Ik ga het leren, hoor. Echt! Ik denk dat ik ook heks word. Het is vreselijk handig.'

De moed zakte me in de schoenen. Sharon heeft altijd van die stomme ideeën. En op de een of andere manier weet ze mij steeds zo gek te krijgen dat ik met haar mee-doe ook. En anders zeggen mijn ouders wel dat ik mee moet. Ze maken zich constant zorgen om haar en ze den-ken dat ze elk moment iets vreselijks kan krijgen. Ik word daar soms wel moe van. Zoals nu.

'Wil je Burney' (dat is Honingbeers echte naam name-lijk) 'terug of niet?' vroeg Sharon die natuurlijk zag dat ik dat heksengedoe niks vond.

Ik knikte. 'Ja, dat wel.'

'Dan moet je vanavond mee. Constanza heeft ons uitge-nodigd. Dan kunnen we zien hoe het werkt, zei ze.' Sharon begon te fluisteren. 'Het is geheim. We mogen het tegen niemand zeggen, anders kijkt ze ons nooit meer aan.'

Ik zag Constanza een eindje verderop met twee andere meisjes staan. Ze waren ook in het zwart gekleed. 'Horen die er ook bij?' vroeg ik aan Sharon.

Sharon keek om en haalde haar schouders op. 'Weet ik veel. Wat maakt het uit?' Ze keek weer naar mij. 'Nou, gaan we of gaan we niet?'

'Oké. Als je maar niet denkt dat ik echt aan die flauwekul mee ga doen. Ik ga geen heks worden, hoor. Zodra ik die toverdrank te pakken heb, smeer ik hem.'

Sharon rende terug naar Constanza om te zeggen dat we kwamen. Toen ze even later weer voor me stond, fluisterde ze geheimzinnig: 'Vanavond om acht uur worden we gebeld en dan krijgen we instructies.'

'Moeten we een bezem meenemen?' vroeg ik spottend.

Sharon schudde haar hoofd. 'Straks horen we alles. Maar je moet er wel in geloven, anders werkt het niet. Doe anders alsof.' Ze draaide zich om en zwaaide naar Constanza. Die deed net of ze het niet zag en liep met haar kin in de lucht de andere kant op. Ze zal zich wel heel wat voelen nu wij zogenaamd ook bij haar willen horen! Nou, echt niet. Ik doe het alleen voor dat toverdrankje en anders niet.

'Ik denk dat ik vanavond vroeg naar bed ga,' zei Sharon 's avonds aan tafel. 'Ik ben doodop.'

Mijn moeder was meteen bezorgd en stak haar hand uit om aan Sharons voorhoofd te voelen. 'Je hebt toch geen koorts?'

Sharon liet zich door mijn moeder bevoelen en bekloppen. 'Ik ben alleen moe, mam. Moe! Mag dat soms niet?'

Mijn moeder keek naar mij. 'Jij zei vanmiddag toch dat je ook moe was? Je eet echt niet genoeg, hoor.' Ze wees naar mijn bord. 'Je hebt haast niks aangeraakt.' Ze keek me met die zuster-Cliviaogen aan en vuurde een hele trits vragen op me af: 'Je hebt toch geen anorexia of zo? Je gaat toch niet denken dat je te dik bent? Eet je je brood wel op tussen de middag? Denk je soms dat je vriendje het heeft uitgemaakt omdat je te dik bent? Want dat ben je niet, hoor. Je bent precies goed. Vind je niet, Sharon?'

'Ik ben ook te dik,' antwoordde ze.

'Helemaal niet!' riep mijn vader. 'Ik houd trouwens van

dikke vrouwen.' Hij kneep mijn moeder in haar dij. Dat vond ze niet leuk. 'Ik te dik?' riep ze hysterisch. 'Ik heb maat 38, hoor.'

'Bedoel je die rooie jurk?' riep Sharon. 'Daar barst je uit. Zo kan ik ook maat 38 hebben. Dat heb ik trouwens, dus jij kunt het nóóit van z'n leven hebben. Nee, ik heb maat 36.'

Mijn moeder en Sharon begonnen te bekvechten over maten en billen en dikke dijen en zwembanden rond hun taille.

'Ik heb geen honger,' zei ik terwijl ik opstond. 'Ik heb na school een hamburger gescoord.' Het was niet waar, maar ik hoopte dat ze verder haar mond zou houden. Moe was ik wel. Dat was de waarheid. Ik was moe van het leven. Ik kon maar niet stoppen over het nut ervan na te denken. Ik bedoel: je wordt geboren en dan ga je dood. Wat heeft het voor zin om in de tussentijd ergens je best voor te doen? En zonder Honingbeer was er helemaal niks aan. Misschien wilde hij mij niet meer omdat hij me te dik vond. Als ik nou eens een week niet at, vond hij mij misschien weer leuk.

'Gaan jullie dan maar eens lekker bijtijds onder de wol,' zei mijn moeder. 'Misschien moeten jullie ook maar eens een weekendje niet op stap gaan.'

'Ja, het is toch ook achterlijk om op je veertiende steeds midden in de nacht thuis te komen,' viel mijn vader haar bij.

Sharon keek geschrokken. Ze had natuurlijk allang afspraakjes gemaakt. 'Ik ben vijftien, hoor. Over twee jaar ga ik het huis uit. Dan hebben jullie niks meer over me te zeggen.'

Oeps! dacht ik. Dat onderwerp kun je beter niet aansnijden. En inderdaad, mijn vader riep boos: 'Zolang je onder mijn dak leeft, bepaal ik wat er gebeurt!'

'Sja-aak!' zei mijn moeder in een poging om hem te kalmeren. 'Ik breng jullie straks een sapje. Hier, neem ook een vitaminepil.' Ze schoof een potje naar me toe.

'Ik hoef geen sapje,' zei Sharon. 'Ik ga meteen slapen.'

'Ik ook,' zei ik.

Mijn moeder keek even achterdochtig, maar gelukkig had mijn vader opeens een ander probleem: 'Er zit zand in de boerenkool, Annet.' Hij knarste met zijn tanden om het te bewijzen.

'Dat is geen zand, Sjaak,' zei mijn moeder gepikeerd, want ze kan er niet zo goed tegen kritiek te krijgen op haar kookkunst. Helaas krijgt ze die nogal eens, want hoe ze haar best ook doet, ze kan echt niet koken. Meestal probeert ze het te verbloemen door een Franse naam aan het gerecht te geven, maar daar trappen wij natuurlijk al lang niet meer in. En van boerenkoolstamppot kun je niet veel Frans maken. 'Zand? Dat is waarschijnlijk stof. Overal ligt stof. Ik word er stapelgek van.'

'Je wilde die verbouwing zelf, Annet,' zei mijn vader.

'Dan moet je niet klagen.'

'Ik klaag niet. Jij klaagt.'

Toen kregen ze echt ruzie.

Sharon schoof haar bord van zich af. 'Als er zand in zit, hoef ik het ook niet.'

Ik dacht nog: zeg dat nou niet. Te laat! Mijn moeder liep huilend de keuken uit. Mijn vader pakte de pan en kiepte de rest boerenkool zo in de vuilnisbak. 'Eet je het op of niet?' vroeg hij aan Sharon terwijl hij haar bord vastpakte. Sharon schudde haar hoofd. 'Er zit zand in, zeg ik toch?' 'Ja, dat weet ik nou wel!' riep mijn vader boos, terwijl hij de boerenkool van haar bord ook in de vuilnisbak schoof. 'Stelletje verwende nesten!'

'Ik?' riep Sharon. 'Ik heb die boerenkool niet gemaakt! Je begon zelf over dat zand. Of ik er dan nog trek in heb! Weet je hoe ziek ik ervan kan worden?'

Het werkte deze keer niet. Mijn vader sloeg met een klap het keukendeurtje dicht, waardoor het vuilnisemmertje dat aan de binnenkant vastzat, eraf viel. 'Klerezooi!' riep hij. 'Moet er straks zeker ook nog een nieuwe keuken komen. En ik me maar het lazarus werken.' Toen stampte hij ook de keuken uit.

'Mooi!' zei Sharon. 'Nu kunnen wij rustig weg, want straks gaan ze het bijleggen en dan zien we ze voorlopig niet. Let maar op! Als de lichten in de slaapkamer aangaan, is het zover.'

Ik pakte mijn bord en kiepte het ook leeg in de vuilnisemmer.

Ik heb nóg meer vragen:

– Waarom maken mensen ruzie, als ze van tevoren weten dat ze het toch weer bij gaan leggen?

– Waarom doen ouders dingen waarvan ik niets wil weten?

– Kunnen ze daar niet gewoon mee stoppen?

– Waarom val ik niet in één dag evenveel af als ik gegeten zou hebben? Minstens 3 kilo, als ik kijk naar wat ik vorige week nog naar binnen stouwde.

In onze schuur wachtten we met spanning tot we werden gebeld. Precies om acht uur ging Sharons telefoon.

'Waar?' hoorde ik Sharon vragen. En toen nog een keer. 'Waar? En dan?'

Ik keek naar het plafond. Sharon is niet zo goed in ergens de weg vinden. Benieuwd of we op de goeie plek komen. Er zat een kanjer van een spin boven in de hoek. Een dikke, vette spin. Brrr. Waarom word ik opeens herinnerd aan dik zijn? Ik voelde mijn maag knorren. Was het honger? Ik had sinds vanmorgen niets meer gegeten. Nee, het was geen honger, het waren de zenuwen. Ik wilde niet aan eten denken. Ik wilde dun zijn.

Toen het gesprek was afgelopen, zei Sharon: 'We moeten naar de Van Brinkstraat en daar ligt een briefje in een telefooncel.'

'Wie was het?'

Sharon haalde haar schouders op. 'Dat zei ze niet. Volgens mij was het niet Constanza. Ik herkende in ieder geval niet haar stem. Volgens mij was het Tanja. Je weet wel, met die hazentanden.'

Ik grinnikte. Tanja had inderdaad nogal buitenmaatse tanden. Het was misschien vervelend om te zeggen, maar daardoor hing haar mond altijd open, waardoor ze een nogal onnozele uitdrukking op haar gezicht had.

'We moeten donkere kleren aan en we mogen geen telefoon meenemen,' vervolgde Sharon.

Ik dacht even na. 'Wat een interessant-doenerij van die grietjes, zeg!'

Sharon begon in haar kledingkast te wroeten. 'Schiet nou op! We moeten er over een kwartier zijn.'

Buiten schreeuwde een krolse kat. Ik wou dat ik een poes was, dan was het allemaal veel makkelijker. Ze krijsen en dan komt er vanzelf een kater aan. Hoewel het misschien wel moeilijk is om de juiste kater bij je te krijgen. Zo'n dikke rode met schurftplekken op zijn rug als die van onze achterburen, zou ik dan niet hoeven.

Toen ik zag dat Sharon wilde gaan, stond ik ook maar op. Ik trok donkere kleren aan.

'We leggen ook nog wat kussens onder ons dekbed,' stelde Sharon voor. 'Dan lijkt het net of we er liggen. Voor het geval papa of mama toch komt kijken.'

Toen we buiten stonden, wees Sharon naar het slaapkamerraam van mijn ouders en stak haar duim naar me op. Het licht was aan. Ze pakte haar fiets en we slopen de tuin uit.

Eerst zagen we geen telefooncel in de Van Brinkstraat. Ik wilde net zeggen dat we terug moesten gaan, toen Sharon hem zag. Op een geel Post-it-papiertje stond: *Ga verder naar Lage Bergdaal nr. 45. Vuilnisbak!*

'Vuilnisbak?' zei Sharon onnozel. 'Wat bedoelen ze nou weer?'

Ik rukte het briefje uit haar handen. 'Kom mee! Er zal wel iets onder liggen. Of erin. We zien wel.'

Sharon fietste, want zij is de grootste. Het Lage Bergdaal was best een eind. Ik hoorde Sharon steeds harder hijgen. Ik had geen zin om te zeggen dat we konden ruilen. Het was toch Sharons idee om te gaan? Bovendien zat ik lekker mee te wiegen op het ritme van de aanlopende kettingkast. Ik dacht na over de liefde en dat soort dingen. Je weet wel: dat je iemand voor het eerst ziet en weet dat hij de ware is. Ja, zo was het ook met mij en Honingbeer gegaan. Als ik nou eens heel erg aan hem ging denken. Misschien werkte telepathie? Ik schrok me wezenloos toen mijn telefoon ging. 'Stop!' riep ik, want ik had mijn telefoon nog in mijn broekzak en daar kon ik in deze houding niet bij komen.

Sharon begon te slingeren.

'Stop nou!'

Trillend van de zenuwen zei ik: 'Hallo?'

'Hi, met Olivier. Er is bij ons op school een heel gaaf feest zaterdag. Heb je zin om mee te gaan?'

'Olivier?' riep ik verbaasd. Hij woonde bij ons in de straat. Wij noemden hem Ollie, eigenlijk Ollie B. Bollie, want hij leek op een mollig beertje met zijn lichtbruine krulletjes. Toen we nog klein waren, speelde hij wel eens bij ons in de zandbak. Tot Sharon hem een keertje met een brandweerautootje op zijn kop had geslagen, zijn eigen autootje nota bene. Hij had gebloed als een rund. Daarna was hij nooit meer komen spelen. Af en toe zagen we hem wel, steeds een stukje groter, en zijn haar was nu bijna zwart. Maar hij bleef altijd Ollie. Logisch dat ik stikverbaasd was dat hij me meevroeg. Maar ik moet zeggen dat hij me de laatste tijd wel was opgevallen. Ik bedoel: hij begon er een beetje als een leuke jongen uit te zien. Alleen die zandbak maakte dat ik hem niet erg serieus kon nemen. 'Ol… ivier?' herhaalde ik. Ik kon me net op tijd herstellen.

'Ja,' zei Olivier. 'Er komt een dj.'

'dj!' riep ik. 'Wie?'

'Burney eh… dinges. Weet ik veel hoe die gozer heet.'

'Ik ga mee!' riep ik.

Sharon wees op haar voorhoofd. Ze tikte op haar horloge en beduidde dat ik moest afbreken.

'Ga je met Ollie B. Bollie?' vroeg ze toen ik de telefoon wegstopte.

Ik knikte. 'Naar een schoolfeest waar Honingbeer dj is. Fiets nou maar, anders komen we te laat.' Even later zat ik weer te wiegen. Ik wist zeker dat het door de telepathie kwam dat Olivier me had gevraagd. Het kon niet anders, want nou zou ik Honingbeer weer zien. Hij werd vast stikjaloers als hij zag dat ik met een ander was. Als ik nou ook die liefdesdrank maar snel kon krijgen! Dan kon ik het stiekem in zijn drankje gooien en dan... Of hoe werkte dat spul eigenlijk? Dat moest ik straks meteen aan Constanza vragen. En ik moest zorgen dat ik er goed uitzag. Ik voelde of er een vetrol in mijn taille zat. Maar goed dat ik de laatste paar dagen weinig had gegeten. Hoewel, weinig? Het was nog best veel. Als ik nog even mijn best deed, zou ik er zaterdag superslank uitzien.

'Wel lullig voor Ollie,' hijgde Sharon.

'Hij heet Olivier!' riep ik terug. 'En ik ga toch met hem mee?'

'Heb je toch wéér een beer,' grinnikte Sharon.

Daar had ik nog niet aan gedacht. Honingbeer, Ollie B. Bommel en Sharon had Berend Botje. Wat moesten wij toch steeds met al die beren?

Weer een vraag:
Wat hebben de zusjes Jacobs gemeen?
Antwoord: ze houden van beren.

Er stond geen vuilnisbak op Lage Bergdaal nr. 45.

'Shit,' zei Sharon.

Ik stak mijn hand uit. 'Geef dat papiertje eens!'

Sharon kreeg de zogenaamde paniekblik in haar ogen. Die krijgt ze nogal gauw, dus ik zei kalm: 'In je zak.' Ik las het briefje. '54, sufferd!' Ik liep er meteen heen. 'Ik heb het! We moeten naar de brug over de Donkersingel en daar wachten. Het lijkt wel een puzzeltocht.'

'Dat komt omdat het geheim is,' zei Sharon op een toon of ze zojuist een uitvinding had gedaan.

'Lekker geheim. Alsof we niet kunnen onthouden waar we geweest zijn! Bijdehand zijn die Constanza en d'r vriendinnen.' Het is dat ik dringend die liefdesdrank nodig had, anders was ik natuurlijk allang teruggegaan. 'Kom, we moeten opschieten voor die heksen alles achteroverslaan. Je weet maar nooit wat voor plannetjes ze hebben.'

Toen we bij de afgesproken plek waren, zette Sharon haar fiets op slot. We liepen de brug over in de richting van een groot park dat aan de rand van onze stad lag. Het was er stervensdonker. We hoorden iemand op een onderdrukte toon roepen: 'Sharon! Leila! Deze kant!'

We keken om ons heen.

'Daar!' Ik wees op een lichtje tussen de bomen. We liepen erop af.

'Hallo!' zei een meisjesstem. Het klonk bekend. Een donkere gedaante deed een stapje naar voren.

Ik kon niet zo goed zien wie het was, door de capuchon die ver over haar hoofd was getrokken en een schaduw over haar gezicht wierp.

'Ik ben het!' Er kwam een gezicht uit de capuchon te voorschijn.

Ik kreeg bijna een rolberoerte, want ik keek recht in de ogen van mijn beste vriendin. 'Maaike! Wat doe jij hier?'

'Hè, Maaike?' herhaalde Sharon. 'Ook toevallig!' Of ze hier op deze tijd aan het paddestoelen zoeken was of zoiets, dacht ik.

'Wist je dat wij kwamen?' vroeg ik. 'Dat had je me toch best kunnen zeggen?'

'Ik hoorde het pas vanavond,' zei Maaike. 'Ik moest jullie opwachten van Constanza. Kom!' Ze trok me mee.

We liepen dieper het park in. Het was echt heel erg donker, op het lichtje na van Maaikes kaars dan.

'Hoor jij ook bij Constanza's heksengroepje?' vroeg ik onderweg.

Maaike knikte. 'Ze vroeg een keertje of ik zin had om te komen kijken. Ik vind het wel leuk. Je leert een hoop over je eigen krachten en zo.'

'Welke krachten?'

'Van jezelf, zeg ik toch. En ook over de krachten van de natuur. Als je weet hoe dat allemaal werkt, kun je een heleboel dingen voor elkaar krijgen.'

'Wat voor dingen?' vroeg ik, want het klonk weer even vaag als de andere verhalen die Maaike vertelde. Pas nu viel me Maaikes jurk op. Het leek op dat ding dat ze de laatste tijd naar school droeg. Maar dit was een soort monnikengewaad. Nu begreep ik het! Constanza en haar vriendinnen droegen ook van die gekke zwarte jurken. Ik had kunnen weten dat Maaike met hen optrok. Ik dacht: ik zeg maar niks, anders wordt ze weer boos. En ik wilde net vragen: 'Je gaat me toch niet vertellen dat je echt in dit achterlijke gedoe gelooft, hè?' toen Maaike zei: 'Stil! We zijn er.'

'Hi, Constanza!' riep Sharon. Ze wilde naar haar toelopen.

Maaike hield haar tegen. 'Ssst! Ze zijn bezig met de cirkel.'

Op een open plek stonden vijf meisjes in een kring. Ik kende ze allemaal van school. Ze droegen dezelfde soort soepjurk als Maaike. In het licht van de kaarsen die ze vasthielden, herkende ik behalve Constanza en Tanja Hazentand, ook Bianca Baboen, zoals Sharon en ik haar noemen, omdat ze altijd loopt te pronken met d'r supergrote borsten. Zelfs midden in de winter heeft ze vaak nog een doorschijnend truitje aan. Het moest een hele opgave voor haar zijn geweest om die dingen nu te verbergen. Maar ja, er waren geen jongens in de buurt, dus misschien had ze het er niet al te moeilijk mee. Ik zag ook Annelies, maar die is nogal verlegen en daarom praat ik eigenlijk nooit met haar. Naast haar stak Margot twee koppen boven haar uit. Haar ken ik ook niet zo goed, want ze is heel sportief en is altijd bezig met trainen voor het een of ander en daarom gaat ze bijna nooit naar feestjes.

Constanza had een bezem in haar hand en begon het bos aan te vegen. Ik dacht nog: nou, dan ben je wel even zoet, toen ik zag dat ze alleen de cirkel bezemde waar de anderen omheen stonden. Toen het klaar was, pakte ze Tanja's kaars uit haar handen en zette die op de grond. Daarna pakte ze die van de anderen en zette die ook neer. Uit haar jurk toverde ze een stok en wees ermee de cirkel rond. Toen keek ze naar boven, deed haar armen in de lucht en begon iets te roepen. Ik weet niet meer precies wat, maar het was iets van: 'Gegroet, wachters!' Ik dacht eerst dat ze ons bedoelde, maar ze draaide zich steeds een kwartslag om en riep dan hetzelfde. Daar stond niemand, dus ons zal ze wel niet bedoeld hebben.

Ik weet niet meer precies wat er gebeurde, maar opeens kwam Constanza naar ons toelopen en zei: 'Als je wilt, kun je meedoen met een liefdesspel.'

Ik schrok me dood. Ik dacht: ja, wacht even! Ik ben niet van de verkeerde kant of zo. Ik keek naar Maaike.

'Liefdesspel?' herhaalde Sharon met een benauwd gezicht. 'Je bedoelt toch niet, eh… van dattum?'

Maaike begon te grinniken. Toen was ze weer even mijn vriendin zoals ze vroeger altijd was. Je weet wel, toen ze nog normaal deed. Begrijp je wat ik bedoel?

'Het is *spell* met twee ellen,' zei Maaike grinnikend. 'Dat is een toverspreuk.'

'Oooww!' riep Sharon. 'Ik dacht al…' Ze begon ook te grinniken.

'Je moet er wel in geloven, anders werkt het niet,' zei Constanza boos toen we niet stopten met lachen.

Ik haalde diep adem. 'Zeg maar wat ik moet doen?'

Constanza ging voor me staan. Ze pakte me vast bij mijn bovenarmen. 'Wie is het?'

'Wie is wat?'

'Wie moet er verliefd op je worden?'

Ik aarzelde. Iedereen wist dat ik verkering met Honingbeer had, maar volgens mij wist niemand, behalve Sharon en Maaike, dat het uit was. Ik vond dat ik afging als ik het zei. Bovendien had ik Constanza een keertje naar Honingbeer zien lonken.

'Je mag het ook geheimhouden,' zei ze toen. 'Ik wilde je alleen maar helpen bij de spell. Kom in de cirkel staan.' Ze trok me mee en pakte toen weer mijn armen vast. 'Je moet je eerst heel erg concentreren op je eigen kracht.' Ze deed haar ogen dicht. Ik voelde dat ze in mijn armen kneep. 'Concentreer!' zei ze toen ze zag dat ik mijn ogen nog open had.

Ik probeerde het, maar ik kon niet helpen dat ik aan allemaal andere dingen moest denken. Ondermeer dat Constanza wel erg venijnig stond te knijpen. Maar dat kon komen omdat Sharon en ik en ook Maaike nog steeds een beetje moesten grinniken. Ik zag Bianca ook nogal geïrriteerd kijken.

'Voel je je eigen kracht? Nu moet je aan hém denken,' zei Constanza.

Dat was niet zo moeilijk. Ik deed de hele dag niet anders.

Constanza deed haar ogen open. 'Ik moet toch eigenlijk iets van hem hebben. Heb je niet toevallig iets bij je?'

Ik dacht na.

Constanza schudde haar hoofd. 'Misschien kunnen we het beter de volgende keer doen. Het gaat zo niet. Je bent ook niet ingewijd, hè?'

'Ingewijd?' herhaalde ik.

'Ze kan toch meedoen?' riep Maaike.

'Nee, het gaat zo niet. Het lukt alleen als ze ingewijd wordt. Wil je dat?'

'Krijg ik dan die liefdesdrank?' vroeg ik.

'Zo gaat dat niet,' antwoordde Constanza. 'Je moet eerst worden ingewijd als heks en dan kun je de rituelen en de spells zelf uitvoeren. En het lukt alleen als je je concentreert.'

'Hoe weet ik dan hoe ik dat moet doen?' vroeg ik. 'Je kunt het me toch zo vertellen? Dan doe ik dat liefdesspel wel thuis.'

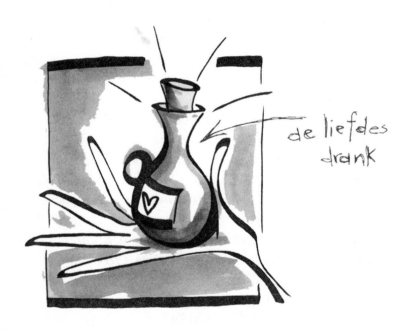

de liefdes drank

Constanza schudde haar hoofd. 'Zo werkt het niet. Je kunt die dingen alleen maar doen op een heilige plek. Je moet eerst leren hoe je die maakt. Dan moet je je eigen krachten leren vinden. Ik heb het geprobeerd, maar het gaat echt alleen als je er zelf helemaal in opgaat. Nou, doe je het of niet?'

Sharon deed een stap naar voren. 'Ja, we doen het!' Ze keek me streng aan.

'Oké!' zei ik. 'Kan het voor zaterdag, want dan heb ik die liefdesdrank nodig.'

'Tsss!' deed Bianca. Ze keek me spottend aan. Ze dacht zeker dat alle, maar dan ook alle jongens alleen voor haar waren.

Constanza keek naar de anderen. Die knikten. 'Vrijdagavond dan. Ik laat je nog wel weten waar je moet zijn. Maar je mag er met niemand over praten. Ook niet over deze plek. Je moet geheimhouding zweren.'

Sharon en ik knikten. Constanza draaide zich om en begon weer aan een of ander ritueel. Ze deed tenminste heel vreemd. Ze was net zo'n priester uit de katholieke kerk of zoiets. Maaike deed er ook aan mee. Het zag er heel geheimzinnig uit. Niemand zei meer iets tegen ons. Het leek wel of ze ons negeerden.

'Zullen we maar gaan?' fluisterde ik na een tijdje tegen Sharon.

Sharon verpestte nog bijna de boel, door keihard te roepen: 'Nou, doei dan hè! Tot vrijdag!' Ik zag Tanja Hazentand en Bianca Baboen heel vals kijken en trok Sharon maar gauw mee. Ze was de hele weg zo opgewonden over wat we hadden meegemaakt, dat ze als een gek fietste. We waren dus lekker vlug thuis.

Het is een beetje een lang stukje geworden, maar dat komt omdat ik er met niemand over mag praten. Maar ze hebben niet gezegd dat ik het niet mag opschrijven. Ik moet het toch kwijt? Anders wordt mijn hoofd nog voller. Vandaar dus.

13 april

Er is weer van alles gebeurd. Ik heb bijna geen tijd om te schrijven. Meteen de dag na onze heksenmeeting stuurde Maaike een mailtje met een patroon voor een soepjurk. Je weet wel, zo'n ding dat zij en Constanza en de anderen aanhadden. En omdat zij denkt dat ik serieus ook heks wil worden, dacht ze dat ik er wel dolblij mee was. Nou, echt niet!

Maar Sharon ziet het helemaal zitten, want die denkt dat ze straks al haar wensen kan toveren. Ze is meteen aan de slag gegaan met een oud laken. Ik kijk het nog even aan. Het patroon ziet er zo uit:

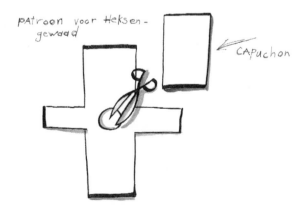

pAtroon voor Heksen-
gewaad

CAPuchon

zo gaat
Het eruit zien

Charmant hè?
'Wie is Ni-a-ou-li?' vroeg Sharon terwijl ze de naam lang-zaam voorlas.
Ik mailde Maaike.
Ze antwoordde: Niaouli is mijn heksennaam. Iedereen die heks wordt, kiest een andere naam. Niaouli is een olie die afkomstig is van de Niaouliboom. Ik heb het gekozen omdat ik het Niaoulitype ben. Dat is iemand die in zijn jeugd emotioneel heeft geleden. Je weet wel, omdat mijn ouders ruzie kregen toen mijn moeder opeens een vriend had. Ik heb gelezen dat het Niaoulitype op zoek moet naar aardige, evenwichtige mensen. Ik vond Niaouli ook mooi klinken. Je kunt kiezen uit de naam van een plant, van je

lievelingsdier, van een god of godin, of de naam van de dag van een week of een maand of van een windrichting. Of van een planeet of van een boom. Het maakt niet uit wat je kiest. Het moet op een of andere manier een betekenis voor je hebben. De anderen hebben ook een heksennaam. Constanza heet Zingiber, Tanja Inula, Bianca Afrodite en Margot heet Pimpinella. Je mag ook een combinatie van namen kiezen. Bijvoorbeeld Lavendel Windfox. Zo heet Annelies. xxxx Niaouli

'Lavendel Windfox?' las Sharon. 'Wat is dat nou voor iets? Denk je dat wij voor vrijdag ook een nieuwe naam moeten hebben?'

Buiten schreeuwde de krolse kat weer.

'De mijne is Cat, als het dan in het Engels moet,' antwoordde ik. 'Poes is mijn lievelingsdier.'

Sharon staarde mij aan. 'Ik weet niet of dat mag, hoor. Is het niet te kort? Je kunt beter nemen eh… eh… Purple Windcat of zo.'

'Purple Windcat!' riep ik. 'Ik ga mezelf toch niet Purple Windcat noemen! Dat slaat nergens op. Ik neem Cat en anders niet. Wat neem jij?'

Had ik het maar niet gevraagd, want Sharon is nogal besluiteloos. Ze begon eerst te denken over haar lievelingsdier/ -plant/ -dag van de week/ -maand/ -eten/- kleur/- en weet-ik-wat nog meer voor lievelings-. Ze is er de hele middag zoet mee geweest. Ze heeft inmiddels een lijst met namen verzonnen, maar ze kan niet kiezen. Dit is haar lijstje:

Mystical Mouse (omdat muis Piep haar lievelingsdier was en ze hem nog steeds mist, sinds hij ontsnapt is, al verdenkt ze mijn vader ervan dat hij het deurtje expres heeft open laten staan)

Mystical Saturday (want dat is haar lievelingsdag, omdat ze dan altijd gaat stappen)

Mystical September (want dan is ze jarig)

Mystical Rose (alleen rood of wit en niet die lange, want dan moet je zo'n grote vaas hebben)

Mystical McDonald's (misschien niet zo geschikt als heksennaam.)

Mystical Black

Mystical Red

Mystical White (allemaal lievelingskleuren)

Mystcial Sun (want ze houdt van de zon. Logisch!)

Mystical Star (ze houdt ook van de sterren)

Mystical Moon (en van de maan)

'Waarom staat er overal Mystical voor?' vroeg ik toen ze me vroeg haar te helpen kiezen.

'Gewoon! Dat klinkt geheimzinnig.'

Ik vond de namen geen van alle leuk, maar dat was Cat ook niet, en bovendien was ik bang dat Sharon van het kiezen een levenswerk zou maken, dus ik zei: 'Doe maar Mystical Red.'

'Echt?'

Ik knikte.

'Kan ik dan niet beter Mystical Rose nemen?'

Ik schudde mijn hoofd.

'Oké! Dan neem ik Mystical Red.'

Nu is Sharon weer bezig met haar heksensoepjurk en ga ik voor me uit zitten staren en aan HB denken. O, wat

mis ik hem! Ik word er misselijk van, of mystical!
PS: Ik heb nu wel een beetje honger. Misschien dat ik
toch iets ga eten. Niet te veel, want dan krijg ik vast uit-
stulpingen.

14 april

Toen we vanmorgen in de keuken zaten – of wat je daar nog van kan zien door de stapels dozen en klapkratten met spullen uit de rest van ons huis – kwam Sharon binnenlopen en riep: 'Merry miet!'
Mijn moeder en ik staarden haar aan.
Sharon lachte en ging zitten. 'Leuk hè? Dat is de heksengroet.'
Ik dacht: O, nee, hè! Ze gaat toch het toch niet verraden, snuggere kip die ze is.
Mijn vader, die tot een uur of twaalf doofstom is, ging gelukkig gewoon door met het eten van zijn boterham met stinkkaas (ik word al misselijk als ik eraan denk), maar mijn moeder herhaalde: 'Heksengroet?'
Sharon stortte een pak cornflakes leeg in haar bord (zij doet niet aan de lijn) en knikte: 'Je zegt Merry miet, maar je schrijft *meet*, want het is Engels. Het betekent: Hallo! Of zoiets.'
Ik gaf haar onder tafel een schop. Ze keek me boos aan.
'Hoe kom je daarbij?' vroeg mijn moeder.
'Van Maaike.'

Ik gaf haar weer een schop, dit keer harder.

'Auw!'

Ik verstopte mijn benen achter een tafelpoot. Dat was verstandig om te doen, want Sharon ging in de tegenaanval.

Beng!

'Auw!' riep Sharon weer. 'Mijn tenen!'

'Jezus, Sharon,' zei mijn moeder. 'Kijk eens uit wat je doet! Je trapt die hele tafel nog omver. Wat zei je nou net voor iets?'

Ik had de boterham die op mijn bord lag weggemoffeld en in mijn zak gepropt. Ik stond op en zei, terwijl ik mijn bord op het aanrecht probeerde kwijt te raken: 'Maaike heeft wel vaker van die rare dingen. Dat weet je toch, mam? Je zei zelf een keertje dat ze het doet omdat ze aandacht wil.' Ik zette het bord in een krat waarin mijn vaders schone sokken en onderbroeken lagen.

'Zet dat bord dan direct in de afwasmachine,' riep mijn moeder.

'Die is vol.'

Mijn moeder schoof haar stoel naar achteren en rukte het bord uit mijn handen. 'Kunnen jullie nou niks zelf.' Ze deed de afwasmachine open en propte het bord ergens tussen. 'Ik ben wel blij dat je je boterham hebt opgegeten. Ik begon me al zorgen om je te maken. Voor je het weet heb je echt anorexia. Het duurt jaren voor je daarvanaf bent. Als je er niet aan doodgaat.'

Zeuren! Zeuren! Zeuren! dacht ik. Ik kreeg het er benauwd van. Waar bemoeien ze zich mee? Het is mijn lijf. Ik mag me toch zeker wel met mezelf bemoeien? Het is het enige waar ik nog een beetje controle over heb, dacht ik. Ik liep naar de keukendeur om naar ons tuinhuis te gaan en zei: 'Ik moet opschieten, anders kom ik te laat op school. Sher, mag ik je zebrarokje aan?' Ik vroeg het expres, want het is haar lievelingsrokje, waar ik niet eens naar mag kíj-ken!

Sharon stoof achter me aan. Dat was precies de bedoe-ling.

Toen we in het tuinhuis waren, zei ik: 'Sufferd! Je moet niet van die dingen zeggen. Je verraadt ons. Weet je wel wat er met je gebeurt als Constanza en haar *witches* erach-ter komen dat je hun geheim hebt verraden?'

'Nou?'

'Dan toveren ze je om in een kikker. Een dikke, vette, glibberige kikker. En weet je wat er met je gebeurt?'

'Nou?'

'Dan komt er een andere dikke, vette, glibberige kikker uit een vieze moddersloot.'

Sharons ogen begonnen te glinsteren.

'En dan word je moeder van honderdduizend dikke, vet-te, glibberige kinderen.'

Sharon haalde haar schouders op en trok een gekke bek. 'Moeder? Ik? Echt niet. En Constanza kan vast veel, maar zij en haar witchclubje krijgen het echt niet voor elkaar om mij in een kikker om te toveren. Trouwens: ik heb niks verraden.' Ze pakte het zebrarokje uit de kast en trok het zelf aan. Waarschijnlijk omdat ze dacht dat het de bes-te manier was om te voorkomen dat ik het toch stiekem pakte. 'Weten papa en mama veel! Ik had het vanmorgen in Maaikes mail gelezen. O ja, voor ik het vergeet: ze heeft je Honingbeer gezien.'

'En dat zeg je nu pas!' riep ik boos. 'Weet je hoe belangrijk dat is? Ik kan je wel wurgen, suf seksbeest!' Ik pakte de laptop, die we zolang van mijn vader mogen lenen omdat de computers in onze kamer niet zijn aangesloten. 'Wat schrijft ze?'
'Kijk zelf maar! Ze schrijft nog een heleboel andere dingen waar ik niet zoveel van begrijp. Iets over drie dingen tegelijk doen of zo.'
Ik las de mail van Maaike haastig, want ik moest bijna naar school.

Marry meet stond erboven. (Vandaar!)

Ik was bijna iets belangrijks vergeten te zeggen.
Als je een spell doet, moet je er rekening mee houden dat het in drievoud bij je kan terugkomen. Dus wens iemand nooit iets slechts. Onthoud dat goed!

Jammer, want het kan wel eens handig zijn.

En nog iets: een spell werkt het beste als je er een rijm bij zegt.

Vreselijk! Ik kan absoluut niet rijmen.

Een spell moet je uitvoeren op een pentakel. Dat is een vijfpuntige ster met een cirkel eromheen. Je kunt hem van elk materiaal maken. Hieronder zie je hoe zo'n ding eruitziet. Je moet hem wel een beetje groter maken , zodat je er iets op kunt zetten. Begrijp je? Anders zal ik je het nog wel even uitleggen.

Marry part en marry meet again!

Dikke kussss van Niaouli

O ja! Ik zag Honingbeer gisteren lopen. Hij had heel kort haar en hij had dat gele jasje aan dat jij zo lelijk vindt! Dat haar stond hem ook niet.

XXXXX N/M

'Wat!' riep ik. 'Kort haar! En dat afschuwelijke jasje! Waarom doet hij dingen waarvan hij weet dat ik ze niet leuk vind? Ik had hem toch gezegd dat kort haar hem niet staat? En dat lelijke jasje! Wie draagt er nou geel?'
Sharon probeerde intussen het zebrarokje over haar kont te trekken. Het was te nauw (of haar kont te dik). Ik wil-

de eigenlijk zeggen: 'Geef maar aan mij, want mij past het wel.' Maar ik moest nodig Maaike terugmailen. Ik schreef:

Waar heb je hem gezien?
Waar ging hij heen?
Wat deed hij?
Was hij met iemand?
Wat zei hij?
Vroeg hij nog naar mij?

xxxxx Cat/L.

PS: Bedankt voor de tips.

Het was Sharon gelukt om het rokje over haar dikke bibs te hijsen, ze rende naar buiten terwijl ze riep: 'Ik ga vast, hoor!'
Pas toen besefte ik dat Maaike waarschijnlijk nu niet terugmailde, omdat ze ook al naar school was. Ik rende achter Sharon aan en greep mijn fiets. 'Opschieten!' riep ik. 'Ik moet Maaike spreken voor de les begint.'

Maaike stond op het schoolplein te praten met Tanja Hazentand. Ze leken wel een tweeling met die zwarte kleren en die zwartgeverfde leger*boots* die ze allebei aanhadden. Tanja H. had met oogpotlood zwarte randen om haar ogen getekend. Ik weet niet hoe het kwam, maar daardoor deed ze me denken aan zo'n zielig konijn van de reclame tegen dierproeven. 'Hoi!' zei ik tegen Tanja H.

'Sorry, maar er is iets dringends.' Ik trok Maaike aan haar mouw. 'Kan ik je even spreken? Privé!' Ik herhaalde mijn vragen die ik haar net had gemaild.

'Wee-nie!' antwoordde Maaike op de eerste vraag. En nog vijf keer, toen ik haar de andere vragen stelde. 'Ik dacht alleen: hé, daar loopt Calimero, en toen zag ik pas dat het jouw vriendje was, ik bedoel jouw ex. Sorry! Waarom doet hij dat vreselijke gele jasje aan, denk je? En waarom heeft hij zijn haar zo achterlijk kort laten knippen? Zou hij niet beseffen dat hij voor gek loopt?'

'Waarom stel jij nou die vragen?' riep ik wanhopig. 'Jij bent toch mijn beste vriendin? Jij moet juist dingen zeggen die me geruststellen.'

'O, nou. Sorry! Eh... Misschien denkt hij dat hij er heel tof uitziet. Of... Hij heeft geen spiegel? Of hij heeft geen smaak. Misschien wilde hij gewoon een ander kapsel of de kapper heeft hem niet goed begrepen en waren al zijn kleren in de was. Toen dacht hij: dan maar dat afschuwelijke jasje. Of hij doet het juist omdat hij weet dat je die dingen niet leuk vindt. Begrijp je? Hij heeft toch een keertje tegen je gezegd dat je een *controlfreak* bent? Om je te pesten, misschien. Stelt dat je gerust?'

'Controlfreak?'

Maaike haalde haar schouders op. 'Nou ja. Hij denkt dat misschien omdat je altijd iedereen wilt eh... helpen, zeg maar. Soms hebben mensen daar niet zo'n zin in. Dan vinden ze dat je je te veel met ze bemoeit.'

'Hélpen! Ik wil juist helemaal niemand hélpen!' riep ik. 'Ik wil dat jullie mij eens helpen!' Honingbeer had inderdaad een keertje gezegd dat ik me te veel met hem bemoeide. Had hij het daarom uitgemaakt? Ik voelde me steeds beroerder worden. De bel ging.

'Maak je maar geen zorgen!' zei Maaike. 'We regelen vrijdagavond wel iets. Echt, geloof me, die liefdesdrank werkt echt. Tot straks!' Ze zit in een andere klas. Halverwege draaide ze zich om. 'Heb je mijn tips nog gezien?' Ik knikte. 'Ja, Bedankt. *Merry meet,* hè!'

'Nee. Nu moet je zeggen: *Merry part* of *merry meet again! Blessed be!*' riep ze er nog achteraan.

Het kon me allemaal geen bal schelen. Ik wachtte nog even tot iedereen binnen was en besloot vandaag te spijbelen.

Zelfde dag, halfnegen 's avonds.

Ik zit in het tuinhuis. Mijn moeder is boos, want ze gelooft niet dat ik me vandaag zo ellendig voelde dat ik een schooldag niet kon verdragen. 'Het komt omdat je niet genoeg eet, Leila. Voor dat soort dingen kun je niet van school blijven.'

Ik word doodziek van haar, want ze blijft me maar achtervolgen met zogenaamde lekkere hapjes. En dan moet ik steeds zeggen dat ik geen trek heb. 'Maar je kunt toch wel een briefje schrijven? Het is maar voor één keertje.'

Mijn moeder schudde haar hoofd. 'Iedereen heeft wel eens liefdesverdriet gehad. Leg het zelf maar uit aan de directeur. Hij zal het heus wel begrijpen. Je ziet pips. Zal ik iets te eten voor je maken? Hé, ik heb nog gehaktballetjes van gisteren! Wil je die?'

Ik schudde mijn hoofd. 'En ik ga echt niet zeggen dat ik

liefdesverdriet heb, dan sta ik toch hartstikke voor gek.'

Mijn moeder haalde haar schouders op. 'Had je dan eerder moeten bedenken.'

Het kostte me onwijs veel moeite om haar over te halen toch een briefje te schrijven dat ik naar de orthodontist moest. Daar gaat bijna iedereen heen, dus dat is een goede smoes. Toen ik het briefje eindelijk had, heb ik maar gezegd dat ik huiswerk ging maken, want mijn moeder bleef aan mijn kop zeuren over verantwoordelijkheid en dat soort flauwekul. En over dat ik goed moest eten natuurlijk. Nog even en ik eet helemaal nooit meer. Nooit meer! Ik doe het gewoon niet! Het is mijn lijf en daar ben ik de baas over. Ze moeten zich allemaal eens niet met mij bemoeien!

Sharon is oefenen met haar groep. Ze treedt op als zangeres. Ze is namelijk een halfjaar geleden ontdekt door ene Bram die bij de televisie werkt. Sharon is er vast van overtuigd dat ze superberoemd wordt. Daar zal ze ook vast wat heksentrucjes voor willen gebruiken. Haar soepjurk hangt al klaar. Ik denk dat ik vrijdagavond zeg dat ik de mijne vergeten ben, want ik ga echt mijn tijd niet vergooien om zo'n ding te maken, laat staan dat ik erin ga lopen.

Ik zit hier dus in mijn eentje. Daarom schrijf ik maar een beetje, iets anders weet ik niet te doen. Ik heb een knoop in mijn maag. En het is echt niet van de honger. Het komt omdat het vandaag zo'n waardeloze dag was. Ik ben overal geweest waar ik dacht dat ik mijn Honingbeer tegen het lijf zou lopen: bij de broodjeszaak Van Dongen, in het park, in het winkelcentrum. Ik ben zelfs langs zijn school gefietst. Heel link want ik heb daar niks te zoeken en als ik hem tegen was gekomen en had geroepen: 'Hé, toevallig dat ik jou hier zie!' was ik natuurlijk een pietsie door de mand gevallen. Maar ik wilde hem op het laatst zo graag zien, dat het me niks kon schelen. Waarschijnlijk was ik hem toch huilend om zijn nek gevallen. Ik mis hem zo! Het doet gewoon pijn. En ik ben misselijk. Allemaal van verdriet. (Niet van de honger.)

Honderd keer mijn mail gecheckt, maar er was geen enkel bericht. Ik kan net zo goed dood zijn, want niemand denkt aan mij. Was het maar zaterdag. Ik hoop dat ik dan die liefdesdrank heb (en dat het echt werkt). Ik ga nu in bed liggen en over mijn verdriet nadenken. Dan heb ik in ieder geval nog iets.

dit is een tr4An

Hier ben ik weer. Het is nog steeds de 14e, maar nu tien uur 's avonds.

Weer honderd keer mijn mail gecheckt in de hoop dat Honingbeer wat liet horen. Eén keer kreeg ik bijna een hartstilstand omdat ik iets groots binnenkreeg, maar het bleek *spam* te zijn en ging over een of andere viagrapil. Of ik daar iets aan heb! Stelletje runderen om mij zoiets te sturen.

15 april

Ik was gisteravond net in slaap gevallen (in een schuimbad vol ellende en liefdesverdriet), toen Sharon het tuinhuis binnenstormde en schreeuwde: 'Hé, ben je nog wakker?'
'Nu wel,' kreunde ik.
'Moet je horen.' Ze haalde een papiertje tevoorschijn. 'Ik heb alvast een lijstje met wensen gemaakt. Als ik vrijdagavond ben ingewijd als heks, kan ik meteen aan de slag.'
Ik was te slaperig om te antwoorden. Gaf niks. Ze begon al met opsommen.
'– Dat ik superberoemd wordt.
– Dat Tommy verliefd op mij blijft. Eh… Zal ik Berend er ook bij zetten?'
'Hmmm…' kreunde ik.
'Ja, maar doen, hè? Ik kan altijd nog zeggen dat ik niet op hem verliefd ben.' Ze pakte een potlood en krabbelde het tussen haar andere wensen.
'– Dat Berend verliefd op mij blijft.
– Dat ik overga. Al vind ik het een beetje zonde om dingen voor school te gaan wensen. Misschien doe ik deze dan het laatst.

– Dat ik die zwarte laarzen van driehonderd euro bij Brinkman kan kopen. Belachelijk duur zijn die dingen eigenlijk.
– Dat ik een MP3-speler van papa krijg, want bijna iedereen heeft er eentje. Het is gewoon idioot dat hij mij er geen wil geven.
– Dat ik die rode zijden sjaal krijg die we laatst in de stad zagen.' Ze keek me aan. 'Weet je welke ik bedoel?'
Ik kreunde.
'– Dat mijn nagels niet steeds breken.
– Dat er niet steeds van die stomme slagen in mijn haar komen.
– En dan wil ik graag die zilveren oorbellen met dat nep-diamantje.
– En…'
Ik zuchtte. Sharon hield niet op. Haar lijstje met wensen leek wel een kilometer lang. Ik trok het dekbed over mijn hoofd.
Sharon sloeg het dekbed terug. 'Hoor je me?'
'Ik wil slapen.'
'Ja, maar ik ben nog niet klaar.'
'Het kan me niet schelen. Ik wil slapen.'
'Zal ik voor jou ook een wens op mijn lijstje zetten?' vroeg ze met een lief poezenstemmetje.
'Ik wil alleen mijn Honingbeer terug,' antwoordde ik.
'Oké, dan zet ik hem erbij. Speciaal voor jou. Lief van mij, hè? Of zal ik zetten: dat je een leuk vriendje krijgt? Dan kan het ook een ander zijn.'
'Nee-ee!'
Sharon gooide het dekbed terug over mijn hoofd. Ik

hoorde haar nog een hele tijd rondlopen, waarschijnlijk bedacht ze steeds nieuwe wensen.

Vandaag is er weinig gebeurd. Behalve dat Maaike me in de pauze liet zien dat mijn geluksgetal zes is.
'Kijk,' zei ze. 'Je rekent je geluksgetal zo uit: je neemt je heksennaam, in jouw geval Cat dus. Dan kijk je naar dit lijstje.' Ze wees in haar agenda.
(Ik heb het maar even overgeschreven. Je weet nooit waar het goed voor is.)

1 = A J en S
2 = B en T
3 = C L en U
4 = D en M
5 = E N en W
6 = F O en X
7 = G P en Y
8 = H Q en Z
9 = I R
11 = K
22= V

'Je hoeft niet lang te rekenen, want Cat = 3+1+2= 6. Als de uitkomst meer dan negen is, tel je de cijfers op. Behalve als het 11 of 22 is. Dat zijn hele bijzondere getallen. Elk getal heeft een betekenis:
Een: Is heel belangrijk, staat voor nieuwe start. Als je dit cijfer treft, ben je een leider.
Twee: Staat voor zoeken naar evenwicht. Je bent gesloten.

Drie: Je houdt van verandering. Moet oppassen niet te oppervlakkig te zijn.
Vier: Getal van veiligheid. Je bent de degelijkheid zelve.
Vijf: Je bent creatief.
Zes: Je hebt stijl en je bent dol op je familie.
Zeven: Je hebt het druk met relaties.
Acht: Je bent mysterieus en gepassioneerd.
Negen: Je bent gul en liefdevol.
Elf: Je hebt grote leiderschapskwaliteiten.
Tweeëntwintig: Je bent een perfectionist.'

Ik weet niet of ik stijl heb. Ik heb helemaal niks. En ik weet niet of ik dol ben op mijn familie. Ik zou ze wel missen als ze er niet waren, maar ik kan me ook suf aan ze ergeren. Vooral aan mijn moeder die Sharon soms behandelt als een baby en mij als haar babysit. Mijn moeder lijkt altijd te denken dat mij niks kan overkomen, terwijl Sharon maar naar haar neus hoeft te wijzen of ze denkt dat ze op sterven ligt. Ik zeg zo vaak dat het achterlijk is om zo te doen en dan zegt mijn moeder: 'Ik weet het. Maar ik ben nog steeds bang dat ze weer zo ziek wordt als eerst, begrijp je?'
Dan knik ik, maar echt begrijpen doe ik het niet, want Sharon is al jaren beter. Bovendien ziet ze er met de dag meer uit als Hollands glorie. Haar kont groeit waar je bij staat, zeg maar. (Dat moet je niet doorvertellen, want dan moet ik Sharon weer wéken verzekeren dat het niet zo is.) Ik ben toch ook mijn moeders kind? Ik wil ook wel eens aandacht. Of ik geen gevaar loop! Of ik niet ziek ben van liefdesverdriet! Dat is minstens zo erg als een ernstige

ziekte. Of niet soms? Ik voel me in ieder geval beroerd genoeg. Maar daar heeft mijn moeder geen aandacht voor. Misschien kan het haar niet eens iets schelen. Niemand kan het iets schelen hoe ik me voel, lijkt het wel.

Mijn moeder kan ook zo onwijs nieuwsgierig zijn. Ze denkt dat ze het recht heeft om alles van ons te weten, alleen maar omdat wij haar kinderen zijn. Dan zegt ze: 'Het is gewoon belangstelling, hoor!' Maar als ze niks van ons loskrijgt, wordt ze soms kribbig en dan komt de waarheid boven. 'Het is mijn plicht als moeder te weten wat jullie uitspoken.'

'Wat denk je?' riep Sharon een keer. 'Dat ik tijd heb om iets uit te spoken? Ik werk me rot op die rotschool met al dat rothuiswerk. En dan moet ik ook nog optreden en oefenen. En ik moet zorgen dat ik er een beetje behoorlijk uitzie, want je weet maar nooit wie er naar me komt kijken. Ik bedoel: iemand uit Amerika of zo, waardoor ik wereldberoemd word. En Tommy en Berend kosten ook zeeën van tijd. Voor hen moet ik ook zorgen dat ik er goed uitzie. Ik ben 's avonds zó moe van alles dat ik als een blok in slaap val.'

Mijn moeder was meteen uitgepraat, want ze gelooft alles wat haar schatje zegt.

Gelukkig dat we nu in het tuinhuis zitten en een beetje minder last van mijn moeder hebben. Ik geloof dat ze het zelfs vervelend vindt om bij ons te komen kijken, want ze zei laatst: 'Ik wil niet zien hoe het er daar uitziet! Het zal wel een zwijnenstal zijn. Ik ben blij dat het vanzelf wordt opgeruimd als jullie straks alles naar jullie kamers terug verhuizen.'

'Maak je maar geen zorgen, mam,' zei Sharon. 'We ruimen alles netjes op, we laten alleen de muizen achter!'

'Muizen!' riep mijn moeder geschrokken. 'Er zitten daar toch geen muizen?'

Sharon lachte onschuldig en schudde haar hoofd. 'Grapje!'

'Nee, toch? Nou, kom ik helemaal niet meer. Ik ben als de dood voor muizen.' Ze keek naar mij. 'Jouw kamer ziet er anders altijd zo netjes uit. Jij bent toch zo'n perfectionist? Hoe houd je het uit met die slons? Kun je er niet een beetje voor zorgen dat Sharon de boel opruimt?'

Zie je! Dat bedoel ik nou.

Ik haalde mijn schouders op. Sharon maakte inderdaad een verschrikkelijk bende. Het kon me niets schelen. Ik had veel te veel andere problemen. En waarom moet ík er nou weer voor zorgen dat Sharon geen rommel maakt? Ik moet altijd zorgen dat Sharon geen stomme dingen doet. Nou, daar heb ik deze keer toevallig geen zin meer in. Blij toe dat mijn moeder niet langskomt. Van mij mogen de muizen blijven. Ze zitten er namelijk wel. En ik vind muizen lief.

Sharon en ik hebben net gekeken wat haar geluksgetal is.
Mystical Red = $4+7+1+2+9+3+1+3+9+5+4=48=4+8=12=1+2=3$.

'Hè!' riep Sharon. 'Ik begrijp er niks van. Oppervlakkig? Wat bedoelen ze daarmee? Ik was liever een ander cijfer. Zal ik mijn naam veranderen?'

'Zie je dat het klopt!' zei ik. 'Je houdt van verandering!'

'Ik ben echt liever een eh... vijf, of een zeven. Dat getal

past toch veel beter bij me? Of anders een acht.'

Ik was bang dat ze weer uren zou gaan twijfelen en daarna uren rekenen (wat helaas niet haar sterkste kant is) om het getal van haar keuze te krijgen, dus ik zei: 'Als je dat doet, tover ik je morgen om in een bos anjers.'

'Dan word je zelf drie bossen.'

Toen moesten we heel hard lachen en verzonnen we allemaal gekke dingen waar we elkaar in zouden omtoveren. Het is misschien toch wel leuk om heks te worden.

En Sharon had opeens een gouden idee. 'Als je iets goeds voor iemand tovert, krijgt je het drie keer terug. Dus als ik voor jou die laarzen van Brinkman tover, krijg ik drie paar!' Ze was zo opgetogen over haar ontdekking dat ze stond te springen van plezier.

'Ik hoef die laarzen niet. Ik wil mijn Honingbeer.'

Sharons gezicht betrok. 'Maar… eh… Dan krijg ik hem drie keer. Ik vind hem wel aardig, hoor… Maar ik vind Tommy leuker en… eh… die heb ik eigenlijk al. Wil je die mp3-speler niet?'

'Wat heb jij aan drie mp3-spelers?' vroeg ik.

'Dan geef ik er twee weg. Of ik houd die anderen als reserve.'

'Zonde!' zei ik. 'Je kunt beter iets toveren waar we iets aan hebben. Iets nuttigs. Bijvoorbeeld dat ik overga. Dan hoef ik geen huiswerk meer te doen. En jij gaat drie keer over.'

'Als ik drie keer overga, ben ik opeens van school!' riep Sharon. 'Ja, dat is een goeie, zeg! Daar zal papa van opkijken.'

Zo gingen we nog een tijdje door. Op het laatst werden we doodmoe van het verzinnen van wensen en zei Sharon geschrokken: 'Gek zeg! Ik weet niks meer.' Ze was er echt even door van slag. Stel je voor dat je niks meer te wensen hebt. Het leek even of ze vond dat haar leven geen zin meer had na die ontdekking.

Toen zijn we maar opgehouden. Al noemde Sharon nog een hele tijd dingen op die ze zou kúnnen wensen. Maar dan besloot ze toch dat ze er niks aan vond.

Vanavond moeten we om acht uur op de zogenaamde geheime plek in het park zijn. Ik ben benieuwd wat er gaat gebeuren. O ja, voor het geval je iets anders denkt: ik ben dol op Sharon, hoor. Ze is alleen heel anders dan ik. En ik zou willen dat zij eens een beetje voor míj zorgde in plaats van ik steeds voor haar. Als ik dat nou eens wensen kon. Want ik kan echt niet meer goed denken. Ik ben weer een beetje duizelig. En misselijk! Ik voel me rot. En ik mis mijn HB. *I miss him!*

16 april

Er is gisterenavond een hoop gebeurd: mijn vader was op zakenreis en mijn moeder had griep en lag in bed. Van haar hadden we dus gisteravond geen last. We hebben haar toch eerst lekker verwend met champignonsoep van de groenteboer en nasi van de slager. Jammer genoeg had ze geen trek. Ze kreunde: 'Jullie zijn dotjes, maar ik voel me zo beroerd. Laat me maar slapen, dan ben ik morgen weer fit. Eten jullie het maar lekker op.'
'Slaap lekker!' riepen we nadat we hadden gezorgd dat er geen kiertje licht tussen de gordijnen door kon komen, zodat mijn moeder daar niet wakker van zou worden.
De champignonsoep was wel lekker. Ik heb een half kopje opgegeten. Maar de nasi smaakte naar verbrande autoband. We hebben het gauw weggegooid, voor het geval mijn moeder het gaat opwarmen en het ons weer voorzet.
'Doe het eerst in een krant!' riep Sharon nog. 'Anders ziet mama het liggen en dan gaat ze zeuren over dat we eten hebben weggegooid. Of misschien vist ze het er weer uit.'
Voor de zekerheid deed ik alles ook nog in een plastic zak en gooide het in de vuilcontainer van de buren, die op het

achterpaadje stond. Ik keek op mijn horloge. Het was al hartstikke laat. 'We moeten gaan.' Ik griste een paar crackertjes uit een pak en propte ze in mijn mond. Ik voelde me er een beetje schuldig door. Sommige mensen worden van water dik, had ik wel eens gehoord. Ik moest zorgen dat ik er zaterdag super uitzag. Ik werd meteen zenuwachtig van de gedachte. Mijn maag trok samen. Dat was wel goed, want dan kon er geen eten bij.

'Wacht even!' Sharon liep naar de gang en riep naar boven: 'Heb je nog iets nodig, mam? Anders gaan we nu huiswerk doen.'

Op vrijdagavond! Ze moest wel erg ziek zijn om dat te geloven. Er klonk alleen wat gekreun en toen wisten we dat het veilig was om hem te smeren naar onze geheime heksenbijeenkomst.

Sharon propte haar nieuwe heksensoepjurk in een plastic tas. Toen riep ze geschrokken. 'We zijn vergeten een tentakel te maken!'

'Pentakel, sufferd,' zei ik. 'Maakt niet uit. De anderen hebben er vast wel eentje te leen.'

'Wat doe jij nou aan?' vroeg Sharon.

'Ik ga zo. Ik had echt geen tijd om iets te maken.'

We waren nogal laat. Bij het bruggetje stond Maaike weer te wachten: 'Waar bleven jullie nou? Ze zijn al begonnen. Opschieten!' We haastten ons achter haar aan naar de geheime plek in het bos. Ze hadden kaarsen aangestoken, zodat het niet helemaal pikdonker was.

Constanza, Tanja H. en Bianca B. stonden bij iets wat leek op een tafeltje waar allemaal dingen op lagen, maar ik kon niet zo gauw zien wat. Constanza begon de kaarsen op het tafeltje aan te steken. We keken toe en toen vond Bianca B. blijkbaar dat ze iets niet goed deed, want ze duwde Constanza opzij. 'Nee, dat doe je zo!'

Dat vond Constanza natuurlijk niet leuk, want ze speelt graag de baas. Ze kregen ruzie. Even stonden ze tegen elkaar te schelden, toen liep Bianca B. boos het bos in. Ze kwam na vijf minuten alweer terug. Zeker bang in haar eentje! Maar tegen Tanja H. hoorde ik haar zeggen: 'Ik moest even een plas doen.'

Ik geloofde er niets van.

Constanza was uit haar humeur en snauwde naar ons: 'Hebben jullie alles bij je? Anders gaat het niet door.'

'O, sorry!' Sharon haalde haastig haar soepjurk uit de plastic tas die we bij ons hadden en trok hem aan. 'O, shit! Mijn ceintuur vergeten!' Ze zag er níét uit. Ze leek op het spookje dat we vroeger speelden om onze hulp uit Suriname bang mee te maken. (Die was natuurlijk niet echt bang, maar ze kon zo leuk gillen dat wij dachten dat ze het in d'r broek deed van angst.)

'En de rest?' vroeg Constanza. Ze wees op de tas, maar daar zat niets meer in.

We wisten niet wat ze bedoelde. 'Je hebt verder niks gezegd, hoor,' zei ik. 'Ik ben trouwens mijn jurk vergeten,' zei ik er maar gauw achteraan. 'Mijn moeder is ziek.'

'Nee, je hebt niks gezegd,' riep Bianca tegen Constanza. 'Dan moet je er nou niet over gaan zeuren. Zullen we nou eens met die inwijding beginnen? Je staat daar maar te treuzelen.' Ze keek naar ons. 'Jullie moeten in de kring komen staan. En mij nazeggen.'

'O, ben je weer terug?' riep Constanza die dat natuurlijk allang had gezien. 'Ik doe die inwijding. Jij weet helemaal niet hoe het moet.' Ze had iets zwaars in haar hand en gooide dat boos op de grond. Het kwam bijna op Bianca's voet terecht.

'Hé, kun je niet uitkijken, trut!' riep Bianca boos. 'Trouwens: je moet je bek houden! Je bent de baas niet. En je weet zelf helemaal niks van hekserij. Je doet allemaal dingen die je zelf verzint. Of wij dat niet weten!'

'Trut?' riep Constanza boos. 'Jij met je kokosnoten! Ga lekker jongens verwennen!'

Dat nam Bianca natuurlijk niet. Wat ik wel begrijp, want zij kan er ook niets aan doen dat ze van die grote jojo's heeft. Al vraagt ze er misschien een beetje om, omdat ze altijd zo met die dingen loopt te pronken. Ze wilde Constanza een hijs om d'r kop verkopen. Tanja begon zich er ook mee te bemoeien, want zij is bevriend met Bianca. Annelies riep ook iets, maar die praat zo zacht dat ik alleen wat gepiep hoorde.

Margot riep: 'Ja, zeg! Wel een beetje sportief blijven, graag!'

'Jij hebt makkelijk praten!' riep Tanja. Dat sloeg volgens mij nergens op.

Annelies, die heel dik is met Margot, riep zowaar hard: 'Ze bedoelt het toch aardig?'

Ze begonnen allemaal tegen elkaar te blèren. Het werd echt een puinhoop.

Maaike probeerde de boel nog te sussen en riep: 'Stil nou! Straks hoort iemand ons!'

Maar Bianca riep: 'Pleur op met je debiele heksenclubje! Maakt mij het uit of iemand ons hoort. Laat ze maar lek-

ker komen, dan kunnen ze zien wat een achterlijk gedoe
dit is. Ik ga hier echt niet meer aan meedoen, hoor. Echt
niet! Kom, Tan. We gaan weg. Laat dat soepzooitje maar
lekker heksje spelen. Misschien toveren jullie jezelf misschien per ongeluk om in een hondendrol!'
Tanja Hazentand grinnikte.
'Kutwijf!' riep Constanza tegen Bianca. Ze begon te huilen. Margot en Annelies probeerden haar te troosten. Toen
gingen Bianca en Tanja weg. Constanza begon ook haar
spullen bij elkaar te zoeken. 'Ik ga naar huis,' snikte ze.
'En Leila's liefdesdrank dan?' riep Sharon. 'Je had het ons
beloofd.'
'Vraag maar aan Maaike. Ze weet hoe ze het moet maken.'
Constanza blies alle kaarsen uit en vertrok. Margot en
Annelies gingen ook weg. Daar stonden we dan met z'n
drieën in het pikkedonker.

Terwijl we op de tast naar onze fietsen liepen, zei ik tegen
Maaike: 'Had je dat niet eerder kunnen zeggen, dat je
wist hoe je die liefdesdrank kon maken? Je weet toch dat
ik het hartstikke hard nodig heb? Heb je me voor niks al
die dagen laten wachten! Stel je voor dat ik mijn Honingbeer tegen was gekomen! Het is jouw schuld als het nooit
meer goed komt!'
'Ik dacht dat Constanza het zou vertellen. Zij zei dat het
beter was als jullie waren ingewijd.'
'Ja, nou, Constanza is ermee opgehouden. En die anderen ook.'
'En hoe moet het met al mijn wensen?' piepte Sharon. 'Ik

heb nog speciaal deze jurk gemaakt. Weet je wat een moeite dat kostte?'

'Ik wil het jullie heus wel vertellen,' zei Maaike. 'Ik weet alleen niet alles. Ik weet van die liefdesdrank en nog een paar dingen. Als je wilt, zal ik het vertellen.'

'Ja!' zei ik.

'Ik weet het niet uit mijn hoofd. Ik heb het thuis. Ik kan het je wel mailen.'

'Graag!' zei ik.

Sharon propte haar jurk in haar tas en Maaike deed de hare in een rugzak. Toen zijn we naar huis gefietst. Onderweg moesten we toch wel lachen om Constanza en wat ze tegen Bianca had gezegd en Bianca tegen haar. Het was even net zo gezellig als vroeger. 'Vé-é-ét cool!' riep Maaike een paar keer over iets. Dat riep ze al op de basisschool. Ik had het al een tijdje niet meer van haar gehoord. Ik dacht: misschien wordt ze toch weer de oude Maaike.

Sharon en Maaike wilden nog een patatje eten in De Snackcorner. Ik heb niks genomen en heb alleen een patatje van Sharon gepikt en er heel lang op gesabbeld. Van patat word je volgens mij onwijs dik.

'Ik mail je zo gauw mogelijk dat recept!' riep Maaike toen we bij haar huis waren. 'Slaapdoei!'

'Slaapdoei!' riep ik terug, want dat was een grapje van toen Maaike en ik voor de eerste keer op werkweek waren. Ik was echt een beetje blij. Een klein beetje.

Thuis zette Sharon meteen de computer aan. Ze had haar verlanglijstje erbij gepakt. Het duurde hartstikke lang voor er iets kwam. Het was alleen het recept voor de liefdesdrank. Dit had Maaike geschreven:

Neem een handje talkpoeder
Vijf druppels rozenolie
Vijf druppels sandelhout
Vijf druppels lavendel
Drie druppels jasmijn
Halve theelepel kardamompoeder
Halve theelepel piment
Meng dit met een beetje mineraalwater. Doe het in een glazen flesje of potje en denk aan degene van wie je wilt dat hij verliefd op je wordt. Doe daarna een beetje op de kleren of andere bezittingen van je geliefde. Maar het beste is op zijn lichaam.

Volgens Maaike helpt het echt. Als ik alle ingrediënten heb, ga ik het maken. Ik kan bijna niet wachten om het uit te proberen.

Sharon baalt dat Maaike niet meer tips heeft gegeven. Ze heeft haar meteen gemaild en gevraagd om de rest van de recepten te sturen. Tot nu toe heeft ze nog geen antwoord gehad, dus ze is nogal uit haar humeur. Ik ga nu boodschappen doen en dan ga ik aan de slag.

Het is gelukt! Ik heb hier voor me een leeg pindakaaspotje vol liefdesdrank. Ik heb het lekker geconcentreerd gemaakt en zo veel dat ik zeker weet dat ik genoeg heb. Ik denk daarbij zo sterk aan mijn Honingbeer dat ik bang ben dat hij elk moment uit het potje zal stappen.
'Laten we een beetje uitproberen,' stelde Sharon voor.
'Maar op wie? Ik wil niet dat iemand verliefd op me

wordt die ik niet zie zitten. Je moet trouwens eerst aan iemand denken, anders werkt het niet. Nee, ik doe het niet. Ik moet me concentreren op vanavond.'

Sharon stak haar hand uit. 'Geef mij dan een beetje, dan probeer ik het wel uit.'
'Op wie?'
'Maakt toch niet uit. Ik vind wel iemand.' Ze liep het tuinhuis uit om in de keuken een potje te gaan halen.
Daar is ze nu mee op pad. Ik ben benieuwd. Ik ga me nu voorbereiden op vanavond, want Ollie B. Bollie (sorry, nog één keertje) komt me om acht uur halen en ik heb nog maar vier uur.
Bye!
Blessed be! (ikzelf dan).
Ik moet steeds aan eten denken. Ik ben sterk. Ik neem niets!

17 april

Gisteren was de ergste dag van mijn leven. Operatie liefdesdrank is helemaal mislukt.

Dit is er gebeurd:

Olivier stond 's avonds om klokslag acht uur voor de deur.
Mijn moeder deed open en herkende hem eerst niet. Toen
riep ze: 'O, nee zeg! Ollie! Wat ben jij groot geworden.'
Dat hij niet meteen hard is weggerend, is een wonder.
'Raad eens wie dit is,' zei ze daarna terwijl ze hem de keu-
ken induwde.

Mijn vader wist het natuurlijk niet. Die herkent nooit iemand. Zelfs niet als ze de dag ervoor nog zijn langs geweest. 'Michael Jackson?' zei hij bij wijze van een van zijn
flauwe grappen waar niemand om lacht, alleen mijn moeder. Maar die vindt bijna alles wat hij doet leuk, dus dat
telt niet. Ze gilde het dan ook uit.

'Kunnen jullie even normaal doen?' zei Sharon (die inmiddels mijn liefdesdrank had uitgeprobeerd en verschrikkelijk verliefd was geworden op haar proefkonijn. Wat natuurlijk niet de bedoeling van het drankje was. Ik had
gewaarschuwd moeten zijn. Daarover vertel ik straks).

Olivier had een oud Levi's T-shirt aan met lange mouwen en afgetrapte gympies. In zijn spijkersproek zat een scheur. Hij zag er onwijs stoer uit. Als Ollie was hij nogal mollig, maar nu was hij lang en veel magerder, maar hij leek wel gespierd. Ik moet toegeven dat hij er leuk uitzag. Hij stond eerst een beetje verlegen te lachen. Toen zag ik dat hij mooie tanden had. Daar val ik wel op.

'Hai!' riep Sharon. Ze vloog hem direct om zijn nek. Maar daar is ze altijd vlug mee. We moeten oppassen dat ze de krantenjongen niet kust als hij langskomt. Olivier werd blijkbaar door haar aangemoedigd, want hij gaf mij ook drie kussen. Dat was niet onaangenaam, moet ik toegeven, al was ik te zenuwachtig om er lang over na te denken.

Ik mocht voor één keer Sharons zebrarokje aan en had daarop een zwart truitje met blote schouders aangetrokken. Sharon zei dat ik er onwijs sexy uitzag, maar ik voelde me lelijk en dik. Ik heb me toch maar niet verkleed. Ik voelde me in alle kleren lelijk.

Het potje liefdesdrank zat veilig in mijn tas.

'Waar ga je heen?' vroeg mijn vader.

Ik had het hem al honderd keer gezegd, maar hij luistert nooit. 'Met Olivier mee naar een feest van zijn school.'

'Leuk! Olivier heet je, hè? Wij hadden vroeger een jongen in de straat wonen die ook zo heette, maar wij noemden hem Ollie. Ollie B. Bollie om precies te zijn.' Mijn vader grinnikte. 'Leila en Sharon hebben hem een keer zo toegetakeld dat we hem nooit meer hebben gezien.'

Ik dacht: O, nee, hè! Ik zeg gewoon niks, dan houdt hij misschien verder zijn mond. Ik was bovendien stikzenuwachtig omdat ik mijn Honingbeer zou zien, ik had helemaal geen zin om over Olivier te praten, laat staan over Ollie B. Bollie.

'Dat was ik,' zei Olivier. Hij lachte er gelukkig bij. Hij keek mijn vader zelfs een beetje uitdagend aan.

Mijn vader staarde even naar hem. 'Ben jij dat? Maar je was toch zo'n klein dikkerdje? Nou, je hebt lef om hier te komen, zeg.'

'Ja, dat is wel zo,' antwoordde Olivier. Ik zei maar gauw: 'Zullen we gaan?' voor hij nog meer stomme dingen ging zeggen. Of misschien konden ze het straks wel zo goed vinden, dat Olivier niet meer naar het schoolfeest wilde.

'Veel succes!' riep Sharon mij nog na. Achter de rug van Olivier stak ze haar duim op en gaf me een veelbetekenende knipoog. Ik deed maar net of ik haar niet begreep.

Meteen toen ik de deur achter me dicht had getrokken, zag ik een zwarte kat lopen. Ik wist niet of dat een geluksteken was of dat het juist ongeluk bracht.

Maaike zei later dat een zwarte kat het lievelingsdier van een heks is. Als je een heks bent, is het goed, anders niet. Nou, ik ben geen heks, maar ik doe wel dingen waarin heksen geloven. Logisch dat ik in de war werd gebracht. Misschien was die kat een teken voor wat me die avond te wachten stond.

Het was hartstikke druk bij de school van Olivier, want iedereen wil altijd naar die schoolfeesten omdat die zo leuk zijn. Ik zag een paar kinderen van mijn school, ook Bianca B. en Tanja H. Ik zag dat ze dachten: hé, wat moet Leila met die gozer? Toen ik langsliep en ze me zo'n beetje gedag zeiden, begonnen ze meteen daarna met elkaar te smoezen.

Sommige kinderen die daar niet op school zaten en geen introducékaart hadden weten te bemachtigen, probeerden alsnog naar binnen te komen. Daardoor stond er een giga rij voor de deur. Olivier pakte mijn hand en trok me langs de rij. Ik kon bijna aan niets anders denken dan aan mijn Honingbeer. Ik had hem al haast een week niet gezien. Ik trilde gewoon van de zenuwen. Ook omdat ik maar niet kon bedenken hoe ik straks die liefdesdrank op hem of zijn spullen moest krijgen. Daarvoor moest ik heel dicht bij hem in de buurt zien te komen. En die gedachte alleen al maakte me nog misselijker dan ik al was. Gelukkig was het binnen ook druk en de muziek stond loeihard, zodat ik niet zoveel hoefde zeggen en een beetje kon opgaan in de massa. Ik keek uit naar mijn Honingbeer. Toen ik hem zag staan, kreeg ik bijna een rolberoerte. Mijn keel werd droog en ik begon zowat te hyperventileren. Hij had inderdaad kort haar en hij had dat afschuwelijke gele jasje aan. En hij lachte. Alsof er niks aan de hand was! Alsof ik niet de hele week bijna was gestorven van verdriet! Hoe kon hij tegelijkertijd zo'n plezier hebben? Ik bedoel, ik begrijp best dat hij het hartstikke leuk vindt om te dj'en, maar dan hoeft hij er toch niet bij te staan lachen? Zeker niet nadat hij het net met mij heeft uitgemaakt.

Olivier riep in mijn oor: 'Zullen we iets te drinken halen?'

Ik knikte.

'Heb ik al gezegd hoe tof je eruitziet? Dat rokje is onwijs gaaf.'

'Het is van Sharon.'

'Maakt toch niet uit. Het staat je goed.' Ik geloof dat hij het alleen maar zei om aardig te zijn.

We wrongen ons door de hossende menigte naar een van planken en plastic kratten geïmproviseerde bar. Olivier sloeg beschermend zijn arm om mijn schouder. Dat vond ik best fijn. Maar ik kon mijn ogen niet van mijn Honingbeer afhouden. Ik hoopte dat hij mijn kant op zou kijken. Maar hij keek alleen maar naar die stomme draaitafel van hem. Ik wilde eigenlijk naar hem schreeuwen: 'Hé, stomme zak! Haal die grijns van je bek! Kijk eens deze kant op!' Iedereen stond te dringen. Ik viel bijna om en klemde mijn tas met liefdesdrank tegen me aan. Toen draaide een of andere onwijze gozer zich plotseling om en stootte met zijn elleboog tegen mij aan. Ik wankelde, waardoor mijn tas tegen een betonnen paal zwiepte. Ik hoorde direct dat het mis was. Het potje was gebroken en de liefdesdrank liep leeg in mijn tas. Het sijpelde er aan alle kanten uit. 'O, nee hè!' riep ik.

Olivier pakte de tas. Binnen een mum van tijd was hij ook kleddernat. Het zat overal: aan zijn handen, zijn kleren… en het droop op de grond. Ik zag iedereen erdoor lopen.

'Wat stinkt dat, zeg,' zei Olivier. 'Wat is het?'

Ik wist even niet wat ik moest zeggen en kreeg opeens allemaal gekke visioenen: dat Honingbeer nu verliefd werd op Olivier, want ik had me op HB geconcentreerd en hem als het ware in het flesje gedacht. Of ik op Olivier of hij op mij, omdat we allebei onder dat spul zaten. Of dat iedereen die door de liefdesdrank liep, verliefd werd op HB of op Olivier of op mij of op ons alledrie of op elkaar. Het werd eigenlijk één grote orgie. Ik keek blijkbaar heel erg geschrokken. En Olivier dacht dat ik het erg vond dat zijn kleren nu vies waren, want hij zei: 'Het geeft niks, joh! Mijn moeder gooit morgen alles in de wasmachine. Dan is het weer schoon.' Hij pakte mijn gezicht en toen zag ik dat hij echt mooie ogen had, bruin met een zwart randje eromheen. Zoals een ree. En toen gebeurde het. Ik dacht, als je niet Ollie B. Bollie uit de zandbak was geweest, had ik best verliefd op je kunnen worden. Ik schrok van mezelf. Ik dacht: wat gebeurt er nou? Want daar had ik natuurlijk geen rekening mee gehouden. Begrijp je? Tegelijk zag ik mijn Honingbeer staan, de liefde van mijn leven. Ik miste hem zo. Ik wilde zo graag naar hem toe rennen en mijn armen om hem heen slaan. Het begon helemaal te draaien voor mijn ogen. Ik dacht echt even dat ik ging flauwvallen.

Ik heb hem gisteren niet eens gesproken. Ik had geen liefdesdrank meer over, dus het had ook geen zin om daarvoor bij hem in de buurt proberen te komen. Hij zag me wel en zwaaide. Ik dacht: hij komt straks wel naar me toe, maar toen hij pauze had, zag ik hem nergens meer. Ik heb hem een sms'je gestuurd, maar hij heeft niet geantwoord. Het kan natuurlijk zijn dat het niet is aangekomen. Soms heb je in dit soort gebouwen geen ontvangst. Ja, dat zal het zijn.

Olivier vroeg: 'Wil je dansen?' Toen kwam er opeens een langzaam nummer en dansten we op 'I feel like making love to you' van Roberta Flack. Het stomme is dat Honingbeer dat nummer natuurlijk had uitgekozen. Ik dacht: het zal toch geen hint van hem zijn? Of zou hij me juist aan een andere jongen willen koppelen? Ik voelde me zo raar. Zou het door die liefdesdrank komen? Ik heb een heleboel over me heen gekregen. Olivier trouwens ook. En dat kon je wel merken ook. Hij liet me bijna niet meer los. Ik weet echt niet wat ik moet doen. Ik wil mijn HONINGBEER!! En misschien ook Oliebeer! Of allebei. Of nee… Ik weet echt niet meer wat ik wil.

Sharon zegt dat die liefdesdrank echt werkt. Ze vertelde wat haar was overkomen: 'Toen ik gisteren de liefdesdrank ging uitproberen, stopte er een jongen op een scooter. Hij vroeg me de weg. Ik dacht dat ik wist waar hij moest zijn, maar ik ben nogal slecht in uitleggen, weet je.' (Jja, dat wist ik.) 'Ik zei: "Tweede links en eh… dan weer eh… tweede links en dan weer tweede links."

Toen zei die jongen: "Ja, dat schiet lekker op. Dan ben ik weer waar ik nu ben." Daar moest ik om grinniken en die jongen ook. Ik dacht: wacht even! Hier heb ik mijn proefkonijn. Ik schudde het flesje, waar het deksel zogenaamd niet goed op zat. Ik zei tegen die jongen dat ik het spul af en toe moest schudden, omdat het anders ging schiften. Die gozer kreeg toen een paar spatten over zich heen en toen werd ik plotseling verliefd op hem. Gek hè?'

'Volgens mij had die jongen verliefd op jóú moeten worden,' zei ik. 'Er moet dus iets zijn misgegaan.'

Sharon zegt dat ze denkt dat hij ook op haar is, maar dat ze het niet zeker weet. Ze heeft haar telefoonnummer gegeven en hoopt nu dat hij belt. Hij heet Michiel. Afwachten maar.

Het is allemaal nogal gek, vind ik. Misschien heb ik de liefdesdrank te sterk gemaakt en wordt nu iedereen die het over zich heen krijgt, verliefd, maakt niet uit op wie.

Ik moet stoppen, want mijn moeder roept.
Kus… L.I.L. (Leila in Love)
En de groeten van Mystical Red, alias S.I.L.L.L. Snappie?

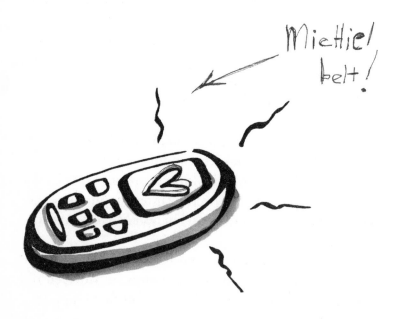

21 april

Sorry, een tijdje niet kunnen schrijven.

Ben nog steeds L.I.L.

Niks gehoord van OBB. (Misschien is de liefdesdrank uitgewerkt.)

Niks gehoord van HB. Grrrrr.

Sharon is helemaal *into witchcraft*. Michiel heeft haar gebeld en toen is ze met hem naar de film gegaan. Het is nu aan. Ze zei: 'Het komt echt door de liefdesdrank, want Michiel is helemaal niet mijn type. Bovendien had ik Tommy en Berend al en ik was helemaal niet op zoek. Dus…'

'Dus wat?' vroeg ik.

'Dus nu heb ik er drie,' giechelde ze.

Mijn moeder vroeg: 'Is het niet een beetje veel?'

Sharon schudde haar hoofd. 'Tommy is voor als ik artiest ben, Berend voor op school en… eh… Michiel voor tussendoor.'

Mijn vader die nooit iets hoort en zegt, liet zijn krant zakken: 'Tjongejonge! Je bent onverzadigbaar. Je lijkt je moeder wel.' Hij gaf haar weer een van zijn vieze-mannenknipogen. Ik kan daar niet tegen. Ik kan echt niet eens dénken aan seks tussen mijn vader en moeder. Ik wou dat ze dat eens beseften en ophielden met dat kleffe gedoe waar wij bij zijn. Andere kinderen hebben ouders die zijn gescheiden. Dat is best zielig voor sommigen, maar je wordt in ieder geval niet steeds geconfronteerd met bejaardenseks.

'Ja, nou en?' riep Sharon verontwaardigd. 'Stel je voor dat Tommy en Berend het allebei uitmaken, dan heb ik in ieder geval Michiel nog.'

'Dat is waar,' zei mijn vader. 'Heel verstandig, Sharon.'

Ik wist dat hij het niet meende, maar Sharon keek trots.

Mijn moeder keek naar mij en zei: 'En jij gaat ook dezelfde kant op, heb ik begrepen?'

'Ik heb niemand,' mompelde ik.

'Jawel!' riep Sharon. 'Jij hebt Ollie!'

'Olivier!' verbeterde ik. 'Ik heb niks met hem, hoor.'

'Ollie! Wie had dat kunnen denken,' zei mijn moeder. 'Heb je nog iets van je Honingbeer gehoord?'

Ik kon haar wel wurgen.

'Honingbeer! Ollie!' zei mijn vader spottend. 'Wat hebben die jongens tegenwoordig toch een merkwaardige namen. Wie noemt zijn kind nou Honingbeer?'

'Dat heeft Leila zelf verzonnen, pap,' zei Sharon. 'Zo heet hij niet echt natuurlijk. Hij heet eigenlijk Burney.'

Mijn vader schudde meewarig zijn hoofd. 'Net als de hond van de buren. Of dát veel beter is.'

Ik ging maar gauw naar het tuinhuis, want ik had geen zin meer om over dit onderwerp te praten.

22 april

Hoera! Hoera! Hoera!
Ik heb een sms'je gehad van Honingbeer! Hij schreef: *zag j pas. j zag r goed uit. cy soon. xb.*
'Denk je dat hij het weer aan wil maken?' vroeg ik Sharon.
'Wat zal ik hem terug sms'en?'
'Even wachten. Hij heeft je vast met Olivier gezien en nou is hij jaloers. Laat hem maar denken dat je een ander hebt. Die heb je toch ook? Zie je hoe handig het is om meer dan één vriendje te hebben?'
Ik dacht: ik heb er niet meer dan één. Ik heb er geen. Maar ik had geen zin om het te zeggen.
Sharon had een geel plastic babybadje in ons tuinhuis gezet, met emmers warm water gevuld en was er met haar dikke kont in gaan zitten. Het water klotste over de rand, want het badje was natuurlijk veel te klein voor haar. De laatste keer dat ze erin zat was ze vier! Maar Sharon wilde niet wachten tot de badkamer klaar was, want ze had van Maaike een recept gekregen voor een ritueel bad dat je succes kan brengen.
Het was nog een hele toer om alle ingrediënten te verza-

melen. Uiteindelijk heeft ze ze in een natuurwinkel ergens in de stad gevonden. Maaike zei dat je alles in een panty-kousje moet doen. Dan moet je een knoop erin doen en ermee in een bad gaan zitten.

Dit is het recept, voor het geval je het zelf ook wilt proberen.

handje gedroogde jasmijn
1 bosje peterselie
2 theelepels salie
handje gedroogde goudsbloemen
5 druppels neroli of pomerans (Geen idee wat dat is)
5 druppels lindebloesem
1 gele kaars (Sharon kon geen gele vinden, maar volgens Maaike was gebroken wit ook goed)
Kaars aan en je dan concentreren op het vlammetje en heel erg sterk denken aan het succes dat je wilt.

'Wat voor succes wil je dan?' vroeg ik terwijl ik naast het badje op de grond ging zitten. Het water zag eruit als groentesoep, want het er bleek een gaatje in het panty-kousje te zitten, waardoor stukjes kruiden ontsnapten.

'Nou eh… in alles.'

'Is dat niet een beetje veel? Moet je niet kiezen?'

Sharon probeerde haar hele lijf onder water te wringen. 'Ik wil in ieder geval een hoop geld verdienen, zodat ik alles kan kopen wat ik wil. En dan wil ik ook heel erg beroemd worden, zodat iedereen me bewondert. En succes in de liefde, maar dat heb ik eigenlijk al door die liefdes-drank. Hé, als we nou eens wat liefdesdrank in het bad gooien... Wat denk je dat er dan gebeurt?'

'Doe alsjeblieft niet, Sharon. Straks krijg je een heel peloton soldaten achter je aan.'

'O, nee! Stel je voor!' gilde ze. 'Hé, luister! Als jij nou echt verliefd werd op Olivier, dan is je probleem opgelost. Dan vergeet je Burney.'

'Ik heb sinds zaterdag niks meer van Olivier gehoord,' zei ik. 'Dus hij ziet me vast niet zitten.'

'Hij is op kamp!' riep Sharon. Ze schoot omhoog. De groentesoep spatte om mijn oren. 'Dat was ik vergeten te zeggen.'

'Jezus Sharon, waarom vergeet je toch steeds belangrijke dingen tegen me te zeggen? Hoe weet je dat?'

'Hij heeft het me zelf gezegd.'

'Wat! Wanneer?'

'Pffff!' Ze dacht na. 'Vorige week. Eh... Vrijdag, geloof ik'

'Vrijdag? Dat was vóór ik met hem mee naar dat feest ging?' Ik begon nattigheid te voelen, en niet alleen in het echt.

Sharon knikte. Ze trok haar mond samen. Dan weet ik dat ze iets verbergt.

'Heb je hem gesproken vóór zaterdag?' herhaalde ik. 'Wat heb je tegen hem gezegd?'

'Niks bijzonders.'

'Jawel! Ik zie het aan je gezicht. Zeg op, anders verzuip ik je in het babybadje.'

'Nee, nee!' Ze wilde opstaan en waarschijnlijk het tuinhuis uitrennen. In haar blote kont! Leuk voor al die kerels die in ons huis aan het werk waren. Eigenlijk had ik haar moeten laten gaan. Ik hield haar toch maar tegen. 'Zeg op!'

'Niks. We hebben het alleen even over het schoolfeest gehad en dat jij met hem meeging.'

Ik hield Sharon bij haar enkel vast. Ze stond in haar poedelnakie in de groentesoep. 'En verder? Je hebt iets over mij gezegd, hè? Ik zie het aan je gezicht.'

'Alleen dat je het heel leuk vond om met hem mee te gaan. Dat was toch zo? Je vindt hem toch best leuk? Dat heb ik alleen gezegd. Ik wilde je van je liefdesverdriet afhelpen. Ik dacht: als je iemand anders hebt, dan vergeet je Burney wel. Dat was toch aardig van mij?'

Ik liet haar enkel los. Sharon stapte uit het badje.

'Dan komt het dus niet door die liefdesdrank,' zei ik.

'Het kwam door jou.'

'En door die liefdesdrank.' Sharon droogde zich af. Er plakte een stukje peterselie op haar rug. Ze wees naar het badje. 'Als je ook nog wilt…'

'Nee, dank je.'

Ze wikkelde een handdoek om zich heen. 'Als je de liefdesdrank niet had gemorst, was hij misschien niet verliefd op je geworden. Verliefd zijn is anders dan leuk vinden, hoor. En je zei toch dat jij hem op dat schoolfeest ook opeens leuk begon te vinden? Dat was toch nadat je die liefdesdrank over je heen had gekregen? Nou, dan werkt het toch? Dat ligt niet aan wat ik tegen hem heb gezegd.'

'Je moet het niet meer doen,' zei ik. 'Ik regel mijn eigen zaken. Oké?' Ik keek haar streng aan.

'Mij best. Ik wou je alleen maar helpen.' Ze sloeg haar hand tegen haar voorhoofd. 'O jee! Ik ben de kaars vergeten. En ik heb niet goed genoeg aan het succes gedacht dat ik wilde. Het is jouw schuld. En nu is het water koud.'

'Ik wil wel even een emmertje warm water voor je halen,' zei ik.

Sharon wierp een blik in het bad en trok een vies gezicht. Het zag er inderdaad niet fris uit. De panty was uit de knoop geraakt en dreef op het water. Er staken stukken van de kruiden uit en de rest zweefde in het bad rond. 'Ik maak morgen wel een nieuw bad. Kan ik meteen nadenken over welk succes ik het liefste wil. Zou jij liever rijk zijn of beroemd?'

'Rijk. Maar je moet gelukkig kiezen, want daar gaat het toch om. Als je rijk of beroemd bent en ongelukkig, heb je er ook niets aan.'

Ik zag aan Sharons gezicht dat ze het een moeilijk probleem vond. 'Als ik rijk ben, kan ik alles kopen en daar word ik heel gelukkig van. Dat weet ik zeker, want als ik nu iets wil hebben en ik kan het niet kopen, lig ik er gewoon wakker van. Echt joh! Daar kan ik gewoon niet tegen. Dan lig ik maar te denken hoe ik aan geld kan komen. Neem bijvoorbeeld die laarzen bij Brinkman. Die wil ik zó graag hebben.'

Ik zag dat ik Sharon niet kon overtuigen, dus ik zei: 'Neem dan maar rijk. Dan krijg je in ieder geval die laarzen.'

'Misschien dat ik dan toch maar even terugga.' Ze gooide haar handdoek af en stapte weer in de groentesoep. 'Brrr. Wel koud. Hoe lang moet ik, denk je?'

'Eh… Een halfuurtje.' Ik pakte een boek en deed net of ik las. Maar ik dacht aan mijn Honingbeer en Olivier en of

ik hem leuk vond en of ik Honingbeer ooit kon vergeten. Stel dat hij het weer aan wilde maken! Dan nam ik hem. Of misschien Olivier? Nee, liever Honingbeer? Help! Ik word gek!

En ik weet nu echt niet meer wat ik moet denken van die liefdesdrank. Ik bedoel: of het nou echt helpt of niet. Sharon zegt van wel en Maaike natuurlijk ook. Ik ben, geloof ik, de enige die er niet zo zeker meer van is.

23 april

Niks gehoord van Honingbeer.
Niks gehoord van Olivier. Zie je wel! Misschien is de liefdes-
drank uitgewerkt. Ja, dat zal het zijn.
Ik wilde Honingbeer terug sms'en, maar Sharon zei dat ik
nog één dag moet wachten.
Ik word echt gek.

Nog iets ergs: Mijn moeder doet aan fundraising. Zo
noemt ze het zelf. Ze bedoelt dat ze geld inzamelt voor
een goed doel. Daar is niks mis mee, alleen wel met de
manier waarop ze het doet. Ze is helemaal over de rooie.
Ze spreekt ook opeens bekakt, want ze vindt fundraising
superchic, geloof ik. En waarom? Omdat mevrouw Van
der Leuterkom, of hoe ze ook heet, die bij ons om de hoek
in een koe van een huis woont, ook in het clubje zit dat
geld gaat inzamelen voor een bejaardenreis naar Düsseldorf. Met nog een paar van die mutsen gaan ze koffie en
thee schenken in de tuin van een landhuis aan de andere
kant van de stad. Daar kun je naar bijzondere bomen kijken. Lijkt me onwijs tof, maar niet heus. Mijn moeder

vindt het allemaal prachtig. Het is om je dood te ergeren. En onaardig dat ze tegen ons doet! Niet te filmen. Mijn vader vindt het ook en loopt haar de hele dag te teasen. Vanmorgen kwam hij de keuken in en riep met een zogenaamd Frans accent: *'Bonjour, madame Jacobs-van Drimmelen!'* Hij sloeg zijn arm om haar middel en hijgde in haar nek: 'Je maakt me gek!'

Toen werd ze me toch kwaad! Ze gaf hem een enorme hijs met een natte theedoek, dus dat kwam nog lekker hard aan ook. Mijn vader liep briesend weg en riep: 'Bekijk het maar! Ik kom vanavond niet thuis.'

Mijn moeder keek beteuterd, maar even later liep ze weer net zo bekakt te doen als ervoor.

'Düsseldorf!' riep Sharon toen ze hoorde waar die arme bejaarden heen moesten. 'Daar is toch helemaal geen fluit aan! Kun je niet iets leukers verzinnen? Waar ligt het eigenlijk?'

Mijn moeder had een rooie kop van opwinding en riep: 'Duitsland. En het is een idee van Beatrijs en die weet wat die mensen leuk vinden. Ik moet nu opschieten.'

'Beatrix? De koningin? Doet die ook mee?' riep Sharon.

'Beatríjs van Leutekom,' antwoordde mijn moeder. 'En help eens even met die kratten, want over een halfuur komt het organisatiecomité theedrinken. Helaas kan het door de verbouwing nergens anders dan hier in de keuken. En jullie moeten helpen met inschenken.' Ze wachtte even en bekeek ons. 'Wat leuk zou zijn, is als jullie zo'n klein wit schortje voordoen.' Ze keek op haar horloge. 'Als jullie opschieten kunnen jullie ze misschien even gaan kopen.'

'Ja, dá-ág!' riepen we natuurlijk.

'We gaan niet voor gek lopen,' zei ik. 'Dan schenk je zelf maar thee.'

Dat hielp. Mijn moeder zei: 'Dan niet. Ik heb de petit-fourtjes en de canapeetjes klaarstaan. Die moeten jullie erbij serveren.' Zwikkend op hoge hakken, die ze anders nooit draagt, liep ze de keuken uit met een loodzwaar krat vol rotzooi uit de badkamer.

'Petie wie?' vroeg Sharon. Ze keek in de twee gebaksdozen die op het aanrecht stonden. In eentje zaten kleine taartjes en in de ander lagen een stuk of twintig piepkleine boter-hammetje met een soort gelei erop. Ik twijfelde of zoiets wel lekker kon zijn. Sharon stak eerst haar vinger in eentje en toen het gat zichtbaar bleef, propte ze hem in haar mond. 'Lekker.' Ze hield mij er ook eentje voor en nam er zelf nog twee.

Ik schudde mijn hoofd. Die glibberige gelei deed me echt denken aan blubbervet. O, nee! Dat niet.

'Wat doen jullie nou!' riep mijn moeder toen ze terug-kwam.

Sharon had haar mond vol. 'Ploefe!'

Mijn moeder klapte het deksel dicht. 'Ga alsjeblieft naar het tuinhuis. Ik doe het wel alleen. Weg! Weg! Weg!' Ze duwde ons de tuin in.

'Mogen we nog één canapeetje?' vroeg Sharon giechelend.

'Ophoepelen!' Mijn moeder trok met een klap de deur dicht.

In het tuinhuis zei ik: 'Die is écht niet normaal.'

'Wel zielig voor pappie,' zei Sharon.

Ik knikte. 'Misschien gaan ze wel scheiden.'

Sharon keek geschrokken. 'Kan dat?'

Ik haalde mijn schouders op. 'Alles kan. Als Maaikes ouders gaan scheiden, kunnen de onze het ook. Maaike zei dat haar moeder de laatste tijd was veranderd. Dat het daarmee was begonnen.' Ik keek om en zag mijn moeder door de keuken rennen. Het was echt te belachelijk voor woorden zoals ze deed.

Sharon kwam naast me staan. 'Konden we maar iets verzinnen waardoor ze weer normaal werd.' Haar ogen begonnen te fonkelen. 'Ik weet wat! We vragen Maaike of ze een heksentrucje weet!'

Ik had er eigenlijk geen zin in. Ik had zin om aan mijn Honingbeer te denken. Maar Sharon had Maaikes nummer al gedraaid. Ik wilde net zeggen: 'Het heeft geen zin. Als Maaike iets wist tegen abnormale moeders, had ze het voor haar eigen moeder ook wel gebruikt,' toen ik Sharon al hoorde zeggen: 'Hai! We hebben een probleempje. Mijn moeder doet de laatste tijd nogal merkwaardig. Kun je ons misschien helpen?' Toen ze had opgehangen, zei Sharon: 'Ze komt eraan. Ze gaat de toekomst voorspellen. Dan weten wij wat er gaat gebeuren.'

'Wat hebben we dáár nou aan!' riep ik.

Sharon haalde haar schouders op en ging zitten sms'en. Daar heeft ze met haar drie vriendjes ook een dagtaak aan. Mijn moeders organisatiecomité was inmiddels gearriveerd. Mijn moeder was natuurlijk al bijna hysterisch en had ons toch geroepen om te komen helpen.

'Laten we maar gaan,' zei ik toen ik haar van de zenuwen overslaande stem hoorde.

'Dit zijn Leila en Sharon,' zei mijn moeder toen we de keuken binnenstapten.

'Wat moeten we doen?' vroeg Sharon met een vreselijk balend gezicht.

'Thee inschenken en dan met de hapjes rond,' zei mijn moeder.

We deden ons best. Ik moest oppassen om niet naar Sharon te kijken, want we hadden nog nooit van ons leven zulke idiote theemutsen gezien als die middag. Een trutten dat het waren! Ik begreep meteen hoe mevrouw Van Leutekom aan d'r naam kwam, want iedereen zat door elkaar te leuteren. Hoe ze iets konden organiseren was me een raadsel. Wij waren Maaike al bijna vergeten toen de bel ging. Sharon deed open en kwam even later met haar de keuken in lopen. De ogen van de mutsen vielen bijna uit hun kassen toen ze Maaike zagen in haar zwarte outfit met bijpassende legerlaarzen. Ze had dikke zwarte randen om haar ogen. In haar oren hingen vreemde zilveren oorbellen, volgens mij waren het geheime tekens. Ze had een heleboel zilveren kettingen om, in één herkende ik de vijfhoekige ster uit het pentakel.

Mijn moeder kreeg bijna een beroerte. 'Eh... Hallo Maaike, wat zie je er bijzonder uit.' Ze keek boos naar ons. Of wij er iets aan konden doen.

'Hou op, mam!' zei Sharon dreigend.

Beatrijs van Leutekom wees op de kettingen en zei op een toon alsof ze de ontdekking van de eeuw deed: 'Is die ster die om je nek hangt niet een heksenteken?'

Maaike knikte.

Ik zag dat mijn moeder schrok.

Sharon, die veel gevoel voor timing heeft, zei: 'Ja, Maaike is heks. Ze kan echt toveren. Bijzonder hè?'

Het werd doodstil in de keuken.

Maaike vertrok geen spier.

'Maaike kan de toekomst voorspellen,' zei ik gauw voor iedereen gillend wegrende.

'Echt?' riep Trut van Leutekom. 'Doe eens iets voor ons.' Ze keek naar de anderen. 'Dit vind ik waanzinnig spannend. Ja, voorspel mijn toekomst eens.'

Maaike aarzelde.

Sharon wilde haar meetrekken. 'Ze heeft nu geen tijd.'

'Ik wil het best doen, hoor.' Maaike wees op het theekopje van Van Leutekom. 'Het kan goed met theebladeren.'

'Hoe doe je dat? Doe eens voor!' riep een vrouw met een rood vestje.

'Nee, ik was eerst, Marian!' riep Van Leutekom.

Maaike keek in het theekopje en schudde haar hoofd. 'Het kan niet met een theezakje, alleen met losse theeblaadjes.' Ze vertelde hoe het moest. Mijn moeder had er zo te zien niet veel zin in, maar de anderen wilden dat ze een nieuwe pot zette.

'Nu moeten jullie wachten tot de theeblaadjes naar de bodem van het kopje zijn gezakt en dan de thee drinken,' zei Maaike.

We keken toe hoe de dames als kleuters hun kopjes leegdronken. Maaike stond erbij te kijken als een schooljuf. Ze vond zichzelf wel belangrijk, geloof ik. Toen iedereen zijn kopje had leeggedronken ging Maaike op een lege stoel naast Van Leutekom zitten en pakte haar kop en schotel. Ze draaide het kopje om en bestudeerde toen aandachtig de blaadjes die erin waren achtergebleven. 'Ik zie een nieuw begin. En er gaat iemand dood. En er is iets met geld.'

Daarna deed ze hetzelfde bij de anderen. Maaike voorspelde een heleboel. Wat precies weet ik niet meer. Het was steeds iets met geld of een nieuw begin of een onverwachte bezoeker of dat er iemand in de familie doodging of een reis. Maar dat soort dingen gebeuren bij bijna iedereen. Toen Maaike voorspelde dat iemand een nieuwe liefde kreeg en iedereen begon te gillen, voorspelde ze het daarna opeens bij iedereen. Dat was wel opvallend.

Alleen mijn moeder dronk geen thee. Ik vond het hele gedoe eigenlijk zielig voor haar, want haar hele feestje liep in de soep, dus toen iedereen aan de beurt was geweest, zei ik tegen Sharon en Maaike: 'Gaan jullie mee? Ik moet jullie wat laten zien.'

In het tuinhuis vroeg ik aan Maaike: 'Was het echt waar wat je voorspelde?'

Ze kreeg een rooie kop. 'Het kan echt, hoor. Als je je concentreert zie je allemaal tekens in de achtergebleven theeblaadjes.'

'Echt?' riep Sharon.

Maaike knikte. 'Je moet naar bepaalde tekens zoeken. Sterren en driehoeken bijvoorbeeld wijzen op liefde en geluk. Je moet gewoon weten hoe je het kan herkennen.'

'En succes? En rijkdom? Kun je ook onze toekomst voorspellen?' vroeg Sharon.

Maaike schudde haar hoofd. 'Ik ben nu een beetje moe.'

Maar Sharon gaf niet op. 'Hè, toe nou!'

'Nou, goed. Ik kan het proberen. Maar het gaat misschien beter met een pendel.' Ze haalde een ketting uit haar zak. Er hing iets zwaars aan. Ze liet het kettinkje bungelen. 'Als ik een vraag stel, geeft de pendel antwoord. Kijk maar! Zijn mijn vader en moeder gescheiden?'

Het kettinkje bewoog langzaam van de ene kant naar de andere.

'En als het nee is, wat doet hij dan?' vroeg Sharon.

'Dan beweegt de pendel niet.' Maaike dacht even na. 'Ben ik een jongen?'

Het kettinkje bleef stil hangen.

Maaike gaf hem aan Sharon. 'Probeer het maar. Je moet hem eerst zo stil mogelijk laten hangen. En dan een vraag stellen waarop je zeker weet dat het antwoord ja is. Dan kun je zien hoe de pendel op jou reageert. Bij iedereen is dat namelijk anders. Soms maakt hij een cirkeltje. Soms gaat hij, net als bij mij, heen en weer.'

Sharon nam het kettinkje over. 'Eh… Wat zal ik vragen? Ik weet iets. Heet mijn zusje Leila?'

We keken gespannen toe en zagen toen dat het kettinkje een flauw cirkeltje maakte.

'Dat doe je zelf!' riep ik.

'Nee, echt niet!' riep Sharon.

Ik probeerde het ook. Het was moeilijk om je arm stil te houden. Ik weet dus niet of ik het kettinkje bewoog of het uit zichzelf ging. We deden nog een heleboel vragen. Sharon of ze beroemd werd. Het kettinkje zei ja. Maaike of haar vader en moeder weer bij elkaar kwamen. Daarop zei het kettinkje eerst niks en toen een beetje ja. Het was nogal vaag. En ik of het weer aan zou raken met Honingbeer.

Maar toen hadden we al een heleboel andere vragen gedaan en had ik echt heel veel moeite om mijn arm stil te houden. Het kettinkje zei wel ja, maar ik weet niet zeker of ik het zelf was.

Sharon riep: 'Vraag nu of het aan raakt met Olivier?'

Ik had er eigenlijk geen zin in, maar ik deed het toch maar. Ik hield mijn hand echt superstil. Volgens mij bewoog het kettinkje niet, maar Sharon en Maaike beweerden van wel. Nou, het zal wel!

'Je hebt ook de liefdesdrank nog niet op Burney uitgeprobeerd,' zei Maaike. 'Probeer nog één keertje of het bij hem werkt.'

'Anders neem je Olivier,' zei Sharon 'Makkelijk toch?'

Hieronder Maaikes tips voor als je de toekomst wilt voorpellen met theeblaadjes:

— Zet een pot thee met losse blaadjes.
— Drink het kopje bijna leeg.
— Kiep het kopje om op een schoteltje.
— De blaadjes die in het kopje zijn overgebleven voorspellen je toekomst.
— De rand symboliseert het heden.
— De zijkant de toekomst.
— De bodem de verre toekomst.
— Blaadjes aan de rand voorspellen iets goeds.
— Blaadjes op de bodem zijn een waarschuwing.
— Hoe dichter de symbolen bij het oortje staan, des te sneller zal de gebeurtenis plaatsvinden.
— Blaadjes die op letters lijken, kunnen iets zeggen over personen.

– *Stippen en punten wijzen op een reis.*
– *Grote stippen wijzen op geld.*
– *Sterren en driehoeken wijzen op liefde en geluk.*
– *Cirkels en vierkanten op bescherming.*
– *Golfjes wijzen op onduidelijkheid.*
– *Strakke lijnen duiden op zekerheid.*
– *Zie je bloemen op de rand, dan wijst het op een nieuwe liefde.*
– *Bloemen op de bodem betekenen een ongelukkige liefde.*
– *Een cirkel met stippen betekent dat er een baby op komst is.*
– *Een lamp boven aan het kopje wijst op feest.*
– *Aan de zijkant betekent het dat er binnenkort een geheim wordt onthuld.*
– *Een man vlak bij het oortje wijst op bezoek van een onbekende man.*
– *Een varken bij het oortje wijst op vooruitgang in huis.*

Hoe weet Maaike dat allemaal, hè?

24 april

Sharon is al uren hysterisch, want ze is haar vriendjes kwijt. Ja, alledrie. Ze geeft iedereen en alles de schuld, behalve natuurlijk zichzelf. 'Het komt door dat stomme bad waar ik in heb gezeten. Maaike heeft me natuurlijk een verkeerd recept gegeven! Of de peterselie was bedorven! Of die liefdesdrank was niet goed, het werkt misschien averechts. Nee, het is jouw schuld, Leila! Als jij geen liefdesverdriet had gehad, had ik nooit aan Constanza gevraagd of ze ons die toverdrank wilde geven! En dan had ik ook niet geweten dat er voor al die andere dingen ook toverdrankjes bestonden. Die stomme heksen ook! Of ze hebben ons betoverd, omdat ze dachten dat we ze niet serieus namen. Nu heb ik helemaal niemand meer! Ik kan niet tegen alleen zijn!' Ze vloog me om de hals. 'Jij weet hoe het voelt om je vriendje kwijt te zijn. Zo voel ik me ook. Bij mij is het alleen drie keer erger. Ik voel me zo rot! Je móét me helpen. Ik ga dood van verdriet. Driedubbel.' Ze zakte op een stoel neer, liet haar hoofd op tafel vallen en beukte met haar vuisten op het blad. 'Má-ma! Je moet komen!'

Mijn moeder rende meteen de trap af en probeerde Sharon te troosten. Het hielp niks, want Sharon vindt die aandacht maar wat fijn en dus gooide ze er nog een schepje bovenop.

Ik zal eerst even vertellen wat er precies is gebeurd.

Vanmiddag kwam Berend Botje langs. Sharon ging met hem naar het tuinhuis en zei dat we hen niet mochten storen omdat Berend haar ging helpen met wiskunde. Zie je het voor je? Ik niet. Ze doet nooit iets aan wiskunde, want ze snapt er toch niks van en vindt het dus zonde van haar tijd, zegt ze. In de klas schrijft ze alles over van Constanza naast wie ze is gaan zitten omdat die nogal hoge cijfers haalt.

Er werd gebeld, maar dat hoorde Sharon niet omdat ze met Berendje zat te flikflooien. Een van de kerels die bij ons aan het verbouwen is, liet Tommy binnen en wees hem de weg naar Sharons liefdesnest. Je begrijpt het al, Tommy kreeg bijna een hartverzakking toen hij Berend en Sharon samen bezig zag. Sharon werd woedend omdat iemand hem zomaar had binnengelaten en stormde schreeuwend de keuken in om de dader uit te foeteren.

Blijkbaar (want ik was er niet bij, maar ik heb het gehoord van mijn moeder) vonden Berend en Tommy elkaar toch wel aardig en gingen wat zitten kletsen. Toen kwam Michiel via het achterpaadje het tuinhuis binnenlopen. Die begreep eerst niet wat Berend en Tommy daar deden, maar dat verraadde Sharon heel tactvol door tegen mijn moeder te blèren: 'Ik moet toch zelf weten dat ik twee vriendjes heb!'

'Twee? Je hebt er drie!' riep mijn moeder terug. 'Dat is

vragen om moeilijkheden. Dan moet je niet boos worden als ze het van elkaar ontdekken. Je kon erop wachten.'
Dat hoorden de vriendjes allemaal, want de ramen stonden open. Toen zijn de vriendjes met z'n drieën weggegaan. Logisch! Maar Sharon vindt dat het mijn moeders schuld is, want zij had beter moeten opletten toen er werd gebeld. Mijn moeder kan er niet tegen als haar lievelingetje van slag is, dus die loopt haar nu achterna als een eend haar laatste kuiken. Ik kan precies voorspellen wat er gaat gebeuren: Sharon blijft net zolang hysterisch tot mijn vader zich ermee gaat bemoeien en zegt dat het genoeg is en dan wordt mijn moeder ook hysterisch, want ze kan niet tegen kritiek van hem. Op het laatst gaan zij het weer bijleggen (je begrijpt wel, ik word alweer misselijk) en dan moet ik Sharon troosten.

Intussen denkt niemand aan mij. Daarom ga ik nu mijn Honingbeer sms'en. Of zal ik toch maar mailen? Of zal ik bellen? Nee, dat durf ik niet. Ik mail.
PS: Ik word dik, al eet ik niks. Als ik in de spiegel kijk, zie ik een dik, vet monster.

Hier ben ik weer.

Ik heb niet gemaild, want dat stond te belangrijk, vond ik. Ik heb gesms't en wel het volgende: *C sms nu pas. CYsoon2. Mag ik mijn rode muts trug? Bel v afspr. kom hm wl halen. Leila.* (Ik wilde eerst x doen, maar ik dacht: beter een beetje koel doen.)
Nu moet ik wachten of hij antwoordt. Getver! Wat is dat wachten toch vervelend. Het is net als met vissen en dan

uren zitten te balen omdat je dobber maar niet beweegt. Je doet het jezelf aan. Stomme sport eigenlijk. Ik ben blij dat HB mijn rode muts nog heeft, anders had ik geen smoes. Ik heb alleen meteen weer bijna een zenuwinzinking. Ik moet ook steeds aan mijn buik voelen. Daar zit een zwemband. Van nu af aan drink ik alleen maar water.

Halfuur later.

Nog geen bericht van HB. Hij heeft bijna altijd zijn telefoon aan, dus hij moet mijn sms'je hebben gezien.
Wel wat van OBB gehoord. Hij is namelijk net langs geweest. Hij was bruin en zei: 'Ik heb je gemist.' Hij legde zijn hand op mijn heup. Ik dacht: nu denkt hij vast, wat een klomp vet zit daar, maar hij zei: 'Kobus staat buiten. Ik heb hem aan een paal gebonden. Mag hij binnenkomen?'
'Aan een paal?' riep ik geschrokken, want ik dacht dat hij het over zijn vriend had of zo.
Olivier grinnikte. 'Het is mijn hond.'
Ik deed de deur open en zag een gigantische zwarte hond staan. Hij hijgde naar me, dus ik denk dat hij me lief vond. 'Neem maar mee!' zei ik.
Als ik niet verliefd was geweest op Honingbeer, werd ik het, denk ik, op Olivier. Hij had een cadeautje meegenomen uit de Ardennen waar het kamp was: een armbandje met rode steentjes. Mijn moeder riep maar: 'Wat léúk! Enig, zeg! Precies jouw smaak, Leila.' Het lag er te dik bovenop. Daardoor vond ik er steeds minder aan. Maar ik heb het niet gezegd.
Sharon keek alleen maar boos en toen is Olivier weer weg-

gegaan. Ik vond het vervelend en ook weer niet, want door O moest ik steeds aan HB denken. Als ik aan OBB denk, krijg ik honger. Misschien word ik verliefd op Kobus.

'Je jaagt nog alle mannen uit huis weg,' zei mijn moeder tegen Sharon. 'We mogen wel oppassen, anders zitten we straks met een verbouwing die voor de helft af is.'

Sharon trok een bek. Je weet wel, zo eentje waaraan je kan zien dat ze niks terug weet te zeggen.

Mijn moeder probeerde het meteen goed te maken door te vragen: 'Heb je misschien zin in ijs met kersen?'

Sharon knikte.

'Jij ook?' vroeg ze aan mij.

Ik schudde natuurlijk mijn hoofd. Stel je voor. Bij de gedachte kom ik al 10 pond aan.

'Je eet echt niet genoeg, hoor,' begon mijn moeder. 'Je hebt vanmorgen ook je boterham in de vuilnisbak gegooid. Ik heb het heus wel gezien. En gisterenavond heb je ook haast niks gegeten. En wat heb je tussen de middag op school genomen?'

'Ik heb een boterham gekregen van Maaike,' loog ik.

'Daar geloof ik niks van,' zei mijn moeder. 'Want Maaike heeft nooit brood bij zich, heb je me zelf verteld. Je zei dat ze elke middag naar de snackbar gaat.'

'Mam, laat haar met rust,' zei Sharon. Het waren de eerste woorden die ze sprak sinds een halfuur. Dus mijn moeder was gelukkig meteen afgeleid.

'Dan ga ik maar huiswerk doen,' zei ik gauw.

Als iemand nog één keer het woord eten zegt, eet ik nooit meer. Ze willen me gewoon dik hebben. Dat is het. Maar ik ben de baas over mijn eigen lichaam. Als ik er super uitzie, wil Honingbeer mij vast weer terug. Verder weet ik niks te zeggen. Mijn hoofd is nog steeds een zak wattenbolletjes.

Weer een halfuur later.

Maaike zeurt maar aan mijn kop dat ik nog een keer die toverdrank op HB moet proberen. Ze heeft me er al vier keer over gebeld.
'Bel hem op en zeg dat je je rode muts terug wilt,' zei ze. 'Daar is toch niks geks aan? Het is jouw muts.'
'Ik heb hem al gesms't. En ik heb geen zin meer om die liefdesdrank te maken. Ik geloof er ook eigenlijk niet zo in.'
'Het werkt echt, hoor! Maar je moet het wel goed doen. Ik weet nog een ander recept. Als je daarvan drinkt word je zo verliefd als... als...'
'Drinken?' onderbrak ik haar. 'Dat is nóg moeilijker om voor elkaar te krijgen.'
'Ik heb een idee. Je moet de kruiden mengen met wijn. Je geeft hem de fles als dank omdat hij zolang op je muts heeft gepast. Ik kom naar je toe en dan help ik je. Hebben jullie een fles witte wijn in huis?'
Ik dacht aan mijn vaders wijnvoorraad in de kelder. Hij had hem vorige week nog aangevuld. We mochten er nooit een fles van nemen, had hij gezegd. Hij roept altijd dat er de doodstraf op staat. Zal wel! Maar er staan zo veel dozen dat hij één fles niet zal missen. 'Ik denk het wel.'
'Ik neem de rest mee. Tot zo.'
Nu lig ik op mijn bed op haar te wachten. Misschien val ik in slaap. Ik ben moe. Ik slaap de laatste tijd niet goed. Ik voel me raar. Mijn hoofd duizelt. Ik denk in rondjes: ik be-

gin bij Honingbeer en waarom hij het heeft uitgemaakt, en dan komt er een warboel met van alles en nog wat en dik zijn en dan ben ik weer terug bij Honingbeer en waarom hij het heeft uitgemaakt. Zo gaat het maar door. Mijn gedachten zijn net zo'n oude grammofoonplaat die blijft hangen. Ik wou dat iemand hem eens stopzette.

Weer een beetje later.

Wij hebben een poes! Het is de dikke rode kater van de achterburen. Hij is bij ons ingetrokken. Met die schurft-plekken valt het wel mee. Het is maar een klein plekje op zijn rug. (Ik heb er net een beetje crème van Sharon op gesmeerd. Zij heeft altijd de duurste smeerseltjes, dus die zullen wel goed zijn.) Toen ik net een beetje lag te liggen, keek de poes om de hoek van de deur die een beetje open-stond. Hij heeft eerst een verkenningsrondje gemaakt door het tuinhuis, waarschijnlijk om te zien of er muizen waren. Die zitten er wel, maar die laten zich natuurlijk niet zien met zo'n grote kater in de buurt. Toen hij klaar was, is hij op bed gesprongen en heeft zich genesteld in het holletje van mijn knieën. Nu ligt hij te slapen. Ik kan Maaike straks vragen of ze hem in een prins wil toveren. Ik noem hem Kees-Jan. Het is een beetje een kakkernaam en dat zijn prinsen volgens mij. Het is misschien ook wel eens leuk om voor de verandering een kakker als vriendje te hebben. Ik ben nu al verliefd.

PS: Olivier stuurde een sms: *Miss ya. Ga je morgen met Kobus mee naar het strand? x OBB xxx Kobus.*

Ik smste terug: *Misschien. Moet eerst een paar dingen doen. x+x v Kobus.*
Ik word een beetje trillerig als ik aan O denk. Maar het zegt niks, want ik word overal trillerig van.

Veel later, bijna nacht.

De nieuwe toverdrank is klaar. Ik heb een fles wijn uit de kelder gejat. We hebben de wijn in een kom gegoten en daar heeft Maaike 20 gram vlierbloesem, 3 eetlepels honing en 5 eetlepels rozenwater doorheen gemengd. Toen heeft ze het gezeefd en hebben we het weer voorzichtig in de fles teruggegooid. Alleen zag je nu dat de fles open was geweest, omdat het lood eraf was. Maaike zei dat we morgen beter een fles met een schroefdop kunnen kopen en daar alles in overgieten. Hadden we dus net zo goed meteen kunnen doen.
Maaike zei: 'Morgen sms je aan Honingbeer dat je na school je muts komt halen, omdat je hem hard nodig hebt.'
'Ik durf niet. Ik wil liever wachten tot hij op mijn vorige sms'je antwoordt.'
'Je moet de fles zo gauw mogelijk brengen, anders is de toverdrank uitgewerkt,' zei Maaike. 'Doe je het?'
'Oké!' Ik sms'te HB wat Maaike dicteerde. Iedereen weet tegenwoordig alles beter. En ik weet niks meer.
Maaike is nu weg en ik sterf weer van de zenuwen door de gedachte aan morgen. Sharon ligt naast me te snurken als een varken en Kees-Jan kan er ook wat van. Hij droomt volgens mij dat hij achter een bataljon muizen aan zit. Hij

maakt allemaal gekke geluidjes en bewegingen. Ik denk
niet dat ik een oog dicht zal doen.

25 april

Ik was eindelijk in slaap gevallen toen Kees-Jan mij wakker maakte. Het was bijna vier uur in de ochtend, zag ik. Hij stond voor de deur te mauwen. Ik heb hem er maar uit gelaten. Toen ik mijn bed weer in stapte en de fles wijn zag staan, kreeg ik meteen weer een zenuwenaanval. Gauw nog even mijn telefoon aangezet en gekeken of HB had geantwoord. Niks.

Pas tegen zevenen viel ik in slaap en om kwart over zeven ging de wekker. Ik ben kapot. Nu ga ik naar school. Ik neem de fles wijn mee. Maaike koopt straks een andere fles en op school gieten we de toverdrank erin over. Ik durf niet! Het helpt toch niet? Of wel? Of niet? Of wel? Als ik binnen tien minuten op school ben en onderweg geen paarse auto tegenkom, lukt het wel. Rennen dus! Doei!

28 april

Raad eens waar ik ben. In het ziekenhuis! De politie is net
weg. Ze hebben me allemaal vragen gesteld. Ik voelde me
net een misdadiger. Dat ik nog leef is een wonder (zegt
mijn vader, maar die overdrijft graag).

Het begon allemaal zo:

Een paar dagen geleden ging ik dus met de fles toverdrank
op weg naar Honingbeer. Hij had nog steeds niet geantwoord op mijn sms, dus ik wist niet eens of hij thuis was.
Maar ik was het wachten zo zat dat ik dacht: ik ga gewoon. Ik zie wel of hij er is.

'Ik rij wel een stukje met je mee,' zei Maaike. 'Maar daarna moet ik naar mijn vader, want die is jarig.'

'Misschien doe ik het toch maar niet,' zei ik toen we vlak
bij het huis van Honingbeer waren. 'Hij laat niet eens wat
van zich horen. Hij wil mij gewoon niet meer.'

'Probeer het nou!' moedigde Maaike mij aan. 'Je bent nu
al zo ver. Als dit niet lukt, laat je het zitten.'

Ik was zo zenuwachtig dat ik niet eens meer wist of ik
Honingbeer nog wel wilde.

'Ik moet nu echt gaan,' zei Maaike. 'Ik ben al te laat. Veel
succes.' Ze gaf me een dikke zoen.

Ik keek haar na en fietste toen het laatste stuk alleen naar het huis van HB. Vlakbij zette ik mijn fiets neer en haalde de fles uit mijn tas. Mijn hart bonkte zo hard dat het leek of hij uit mijn lijf zou barsten. Ik dacht: het is toch raar dat je bang bent om iemand te zien waar je een paar weken geleden nog mee zoende? Ik werd een beetje boos, op mezelf en op HB en op de hele wereld. Ik was al weken van slag en niemand leek zich er wat van aan te trekken. Ik liep langzaam in de richting van HB's huis, maar bedacht me dat ik vergeten was mijn fiets op slot te zetten. Misschien vroeg HB wel of ik wilde binnenkomen. Wie weet kwam alles weer goed. Het kon toch zijn dat ik het allemaal verkeerd had begrepen. Misschien wilde hij alleen maar even rust. Straks lagen we vast weer in elkaars armen. Dan moest niet intussen mijn fiets worden gestolen.

Toen ik dat had gedaan, liep ik terug en belde aan. Niemand deed open. Ik belde weer aan. Toen hoorde ik voetstappen. Even later ging de deur open en keek ik recht in het gezicht van Bianca Baboen.

Ik dacht dat ik doodging. Echt, ik kon nauwelijks op mijn benen blijven staan. Ik begon over mijn hele lijf te sjeeken. Ik dacht: Bianca! Wat doet zij hier nou? Ik wist niet eens dat zij en Honingbeer elkaar kenden.

'Hi!' zei ze. Ze had een truitje aan dat zo klein was dat ze het net zo goed niet aan had kunnen trekken.

Ik voelde me opeens zo belachelijk dat ik had geprobeerd alle bulten van mijn lichaam weg te krijgen. 'Ik… ik kom voor… Burney.' Ik keek langs haar heen de gang in. Iemand riep iets. Ik dacht dat het Burney was (ik noem

hem nu geen Honingbeer meer. IJsbeer zou beter zijn.)
Hij stak zijn kop om de deur van de woonkamer aan het
eind van de gang. 'Wie is het?'

'Leila!' riep Bianca Baboen terug.

Het bleef even stil.

Toen kwam Burney naar de deur lopen. Hij had een wit
overhemd aan dat half uit zijn broek hing.

Ik voelde dat ik een rooie kop kreeg. 'Ik kom mijn muts
halen.' Dat klonk ook zo belachelijk, want het was hartstikke warm weer.

'O, ja!' zei hij. Hij draaide zich om en pakte mijn muts
van de kapstok. 'Ik had hem willen brengen, maar ik had
steeds geen tijd.'

Bianca Baboen grinnikte en keek naar hem.

'Ik dacht al: ze zal wel balen. Ze is altijd zo netjes op d'r
spullen.' Er klonk een beetje spot in zijn stem door. Hij
leunde tegen Baboens rug aan. Daarop ging zij tegen hém
aan hangen. *Message understood,* dacht ik. Ik voelde de
tranen in mijn ogen komen. Ik dacht aan wat Maaike had
gezegd: dat Burney vond dat ik een controlfreak was en
dat hij daarom expres dingen deed om me te pesten. En
hoelang had hij al iets met Baboen? Wist ze al die tijd dat
ik voor Burney die toverdrank wilde hebben? Het rotwijf!
Ik kon die fles wel op haar kop kapot slaan. Gelukkig bedacht ik me, want nog eens een liter liefdesdrank over het
stelletje maakte het misschien nog fijner voor hen.

Ik voelde mijn knieën bibberen. Ik dacht: ik moet weg
voor ik hier op de stoep flauwval. 'Bedankt!' riep ik en
draaide me om. Ik hoorde de deur pas dichtslaan toen ik
bijna bij mijn fiets was. Waarschijnlijk had die toverkol
me al die tijd na staan kijken.

Hoe ik in het park ben gekomen weet ik niet meer. Ik herinner me dat ik blij was dat ik een bankje zag en daar ben ik gaan zitten janken. Misschien had ik dorst – ik weet het niet meer – maar toen heb ik blijkbaar die fles wijn gepakt en hem leeg gezopen.

Ik kwam bij in een ziekenhuisbed met allemaal slangetjes uit mijn lijf. Mijn vader zat naast me. Hij keek bezorgd en ook een beetje wanhopig. Dat is de ergste blik die ik ken, dus ik schrok me wezenloos. Mijn moeder zag ik niet en dat is ook geen goed teken, want mijn vader treedt pas op als het heel, heel erg is.

'Nou, nou!' zei hij eerst alleen maar. Dat doet hij als hij niet weet wat hij moet zeggen. Als hij blij is of boos of verdrietig of zoiets. Je weet wel: mannen en hun gevoelens.

'Wat?' vroeg ik geschrokken.

'Iemand heeft je in het park gevonden. Je was bewusteloos. De politie is gewaarschuwd. Die zei dat je stomdronken was. Je maag is net op tijd leeggepompt, anders was je misschien wel doodgegaan. En je was ook uitgedroogd. Mama zegt dat het waarschijnlijk komt door dat lijnen. En zo'n fles wijn helpt dan echt niet. In tegendeel: alcohol onttrekt juist nog meer vocht aan je lichaam.' Hij kreeg tranen in zijn ogen en pakte mijn hand. 'Nou, nou… Wat heb je toch allemaal gedaan, Leilepopje?'

Tegen een huilende vader kon ik helemaal niet. De laatste keer dat ik hem zo had gezien, was toen Sharon heel ziek was. Ik schrok me weer wezenloos. Stomdronken? Had ik die hele fles toverdrank opgedronken? Behalve dronken, moest ik theoretisch ook verschrikkelijk verliefd zijn geworden. Maar op wie?

Behalve een gevoel of ik zes dagen achter elkaar had geslapen en dus zo duf was als een konijn, voelde ik niets. Nee, verliefd was ik zeker niet meer. Ik was juist anders over Burney gaan nadenken. Hem hoefde ik nooit meer te zien. Ik probeerde te denken. Het enige wat ik me kon herinneren waren Burney en Bianca Baboen. Ik begon meteen ook te huilen.

'Nou, nou!' zei mijn vader. Hij begon onhandig met zijn handen te fladderen.

'Hij heeft een andér!' snikte ik. 'En weet je wie? Bianca Baboe-óén!'

'Nou, nou! Kom, kom! Zo erg is dat toch niet?'

Ik wist dat mijn vader er weer helemaal niets van begreep. Gelukkig kwamen mijn moeder en Sharon binnen. Die begonnen meteen met mij mee te jammeren. Daar heb je tenminste iets aan.

Sharon stortte zich op mij. 'O, Leila! Ik kan niet zonder je, hoor. Wie moet mij anders mijn liedjes overhoren als ik een nieuwe moet instuderen. Ik kan zelf niks onthouden. Ik dacht dat je dood zou gaan.'

Dood? dacht ik geschrokken. Wat had ik in godsnaam gedaan? Toch niet voor Burney en zijn stomme vriendinnetje?

'Ga eens van Leila af, Sharon,' zei mijn moeder. 'Je verplettert haar nog.' Vervolgens stortte ze zich zelf op mij. 'Kind toch! Wat heb je jezelf aangedaan! En dat allemaal om zo'n jongen. Dat is hij toch niet waard?'

'Met Bianca Baboen!' zei Sharon spottend. 'Hij heeft echt geen smaak.'

'Bianca wie? Waar hebben jullie het toch steeds over?' vroeg mijn vader.

'Ba-boen,' antwoordde Sharon. 'Van borst en borst. Maar dat leg ik je nog wel eens uit.'

Mijn vader wilde zijn mond opendoen, maar mijn moeder keek hem met een ijzige blik aan. Ze had zeker geen zin om nu over borsten te praten. Toen vroeg mijn vader maar niks meer.

Met Sharon en mijn moeder ieder aan een kant van het bed, kwam ik langzaam bij mijn positieven. Ze jammerden allebei zo hard mee, dat ik vanzelf ophield.

Mijn vader voelde zich vast overbodig, want hij zei na een tijdje: 'Ik moet gaan. Ik heb een afspraak.'

Mijn moeder moest ook weg. Ze kon niet te lang van haar werk wegblijven. Toen waren Sharon en ik weer samen.

'Zal ik even wat lekkers halen beneden?' vroeg Sharon, die vooral in tijden van nood honger krijgt. 'Daar is een kantine.'

Ik knikte. Ik had opeens hartstikke zin om overal dikke bulten te krijgen.

Het leek wel of Sharon mijn gedachten las, want bij de deur zei ze: 'Dik is in. Dat wist je niet, hè?'

Ik schudde mijn hoofd. Even later kwam ze terug met een giga voorraad snoep en saucijzenbroodjes en zelfs twee milkshakes. Ze was hartstikke lief en verzorgde me alsof ik haar kleine zusje was. (Wat ik ook ben, maar dat had Sharon nooit door.)

Niet lang daarna kwam Maaike binnen. Ze had een bos bloemen bij zich. Die zag ik pas toen ze hem onder mijn neus hield, want ik lette meer op haar. Ze was totaal veranderd. Ze had haar haar kort laten knippen en het was niet meer zwart, maar een beetje roodachtig. In plaats van de zwarte jurk droeg ze een beige heupbroek en een T-shirt met een grote rode mond en *kiss me* eronder. Sharon en ik staarden haar aan.

'Ik ben geen heks meer,' zei Maaike. 'Ik heb er geen zin meer in. Ik ga echt niet meer om met Bianca en haar vriendinnen. Ben je nog verliefd geworden na het leegdrinken van die fles?'

Ik schudde mijn hoofd.

'Zie je wel! Als je het na zo'n hele fles nog niet bent, werkt het vast niet. Volgens mij is het allemaal onzin.'

'Ik weet niet, hoor,' zei Sharon. 'Kan het niet zijn dat het na een tijdje uitgewerkt is? Ik bedoel: dat bijvoorbeeld Michiel het daarom heeft uitgemaakt? Constanza zegt dat al die dingen echt werken. Ik heb zo veel wensen. Kunnen we het niet nog een keertje proberen? Die laarzen…' zei ze dromerig.

'Ik doe het niet meer,' zei Maaike. 'Mijn vader zei dat ik mee mag naar Curaçao als ik er normaal uitzie. Hij bedoelde natuurlijk niet zo gothic. Niet dat ik er daarom geen zin meer in heb, maar ik kreeg er toch al een beetje genoeg van. Constanza is zo bazig.' Ze zei die middag wel vier keer: 'Vé-é-ét cool!' Dus ik denk dat ze echt bekeerd is.

Toen Maaike en Sharon weg waren en ik weer alleen was, lag ik net te denken dat ik blij was dat ik weer mocht eten en ik moest ook opeens aan OBB denken. Het moet echt weer telepathie zijn geweest, want de deur ging open en daar stond hij. Mét een supergrote bos bloemen. 'Van Kobus!' zei hij. 'Ik belde je vanmorgen omdat ik niks meer van je hoorde en toen vertelde je moeder wat er was gebeurd.'

Ik baalde dat mijn moeder het hem had verteld.

'Dat je voedselvergiftiging hebt gehad,' zei Olivier.

Ik dacht: wat is mijn moeder toch een genie! Die kan liegen en toch de waarheid vertellen. Olivier ging op de rand van mijn bed zitten. Hij had weer allemaal versleten kleren aan. Ik weet ook wel dat het idioot is, maar daar val ik vreselijk op. Toen werd ik me toch vreselijk verliefd! De vlammen sloegen me uit. Als de zuster niet was langsgekomen, was Olivier vast bij me in bed gekropen. Het is nu aan. Of het door die toverdrank komt, weet ik niet. Volgens Sharon wel, maar die wil er absoluut in geloven. Ze is dan ook de hele dag bezig om allerlei recepten te verzamelen. Constanza moet wel helemaal horendol van haar worden.

Gisteren lieten Olivier en ik Kobus uit en toen zag ik B (alias IJsbeer) en BB samen lopen. Het kon me niks meer schelen. Olivier is tien keer leuker. En Kobus honderd keer! Ik ben blij dat ik nu ook eens twee vriendjes heb.

2 mei

Even een klein berichtje:
Ik ga Sharon nog verslaan: ik lig op mijn bed met vriendje nummer drie. We zijn heel erg verliefd. Hij ligt te spinnen als een dolle.

Dikke kus van Leila en Kees-Jan!
Miauw!